L'ÉPÉE ENCHANTÉE

ŒUVRES DE
MARION ZIMMER BRADLEY
DANS PRESSES POCKET

LA ROMANCE DE TÉNÉBREUSE

L'Atterrissage
  1. LA PLANÈTE AUX VENTS DE FOLIE

Les Ages du Chaos
  2. REINE DES ORAGES !

Les Amazones Libres
  3. LA CHAÎNE BRISÉE

L'âge de Damon Ridenow
  4. L'ÉPÉE ENCHANTÉE
  5. LA TOUR INTERDITE
  6. L'ÉTOILE DU DANGER
  7. SOLEIL SANGLANT

L'âge de Regis Hastur
  8. LA CAPTIVE AUX CHEVEUX DE FEU
  9. L'HÉRITAGE D'HASTUR
  10. L'EXIL DE SHARRA
  11. PROJET JASON
  12. LES CASSEURS DE MONDES

SUR TÉNÉBREUSE

ASIMOV PRÉSENTE
  2. FUTURS EN DÉLIRE :
     « La Reine de jaune vêtue », par Jacques Goimard.

SCIENCE-FICTION
Collection dirigée par Jacques Goimard

MARION ZIMMER BRADLEY

LA ROMANCE DE TÉNÉBREUSE

L'ÉPÉE ENCHANTÉE

ALBIN-MICHEL

Traduit de l'anglais par
VIVIAN POTTS

La loi du 11 mars 1957 n'autorisant, aux termes des alinéas 2 et 3 de l'article 41, d'une part, que les copies ou reproductions strictement réservées à l'usage privé du copiste et non destinées à une utilisation collective, et, d'autre part, que les analyses et les courtes citations dans un but d'exemple et d'illustration, « toute représentation ou reproduction intégrale ou partielle, faite sans le consentement de l'auteur ou de ses ayants droit ou ayants cause, est illicite » (alinéa premier de l'article 40).

Cette représentation ou reproduction, par quelque procédé que ce soit, constituerait donc une contrefaçon sanctionnée par les articles 425 et suivants du Code pénal.

Édition originale américaine :
THE SPELL SWORD
© 1974, by Marion Zimmer Bradley
Daw Books
Donald A. Wollheim, Publisher, New York

© Éditions Albin Michel S.A., 1983, pour la traduction française
ISBN 2-266-03243-7

L'EPEE enchantée... L'histoire de Ténébreuse était pleine de telles armes : la légendaire épée d'Aldones dans la chapelle de Hali, une arme tellement ancienne — et combien redoutable ! — qu'aucun vivant ne savait la manier ; l'épée d'Hastur, au château Hastur, dont on disait que si quiconque la tirait pour autre chose que la défense de l'honneur des Hastur, elle lui ferait sauter la main comme du feu...

Et il y avait l'épée de Dom Esteban, le meilleur escrimeur des Sept Domaines... Dans la garde de l'épée était encastrée une gemme par laquelle l'adresse de Dom Esteban pourrait joindre le porteur de l'épée.

C'était cette épée qui devait jouer le rôle capital dans la recherche du Terrien Andrew Carr, qui allait restaurer la lumière dans les cieux obscurcis d'un monde hostile.

1

Il avait suivi un rêve, et ce rêve l'avait mené là où il allait mourir. Il était allongé sur la fine mousse des rochers, au bord de la crevasse, à demi évanoui et, dans sa torpeur, il lui semblait que la fille qui lui était apparue en songe se tenait debout devant lui.

Vous devriez rire, dit Andrew Carr au visage imaginaire. *Sans vous, je serais maintenant à l'autre bout de la galaxie.*

Pas ici, étendu à moitié mort, sur une motte de terre gelée, au bord de nulle part.

Mais elle ne riait pas. Elle avait l'air de se tenir tout au bord de la falaise. Dans le vent glacial de la montagne, son léger vêtement bleu battait sur son corps svelte, et ses longs cheveux d'un roux éclatant aux reflets lumineux fouettaient ses traits fins. Exactement comme la première fois, dans le rêve, mais elle ne riait pas. Son visage délicat était pâle et grave.

Et il semblait à l'homme mourant qu'elle parlait, bien qu'il sût — *il savait* — que la voix ne pouvait être que l'écho du vent dans son délire.

— Etranger, étranger, je ne vous voulais aucun mal ! Je ne suis pas responsable de ce qui vous arrive ! C'est vrai, je vous ai appelé — ou plutôt, j'ai appelé quiconque m'entendrait — et ce fut vous. Mais ceux qui sont au-dessus de nous savent que je ne vous voulais aucun mal ! Le vent, la tempête, je ne peux leur commander. Je ferai ce que je pourrai pour vous sauver, mais je n'ai aucun pouvoir dans ces montagnes.

Andrew Carr eut l'impression qu'il lui lançait des paroles furieuses. *Je suis fou,* pensa-t-il, *ou peut-être déjà mort, en train d'échanger des insultes avec un fantôme.*

— Vous dites que vous m'avez appelé ? Et les autres, dans l'avion ? Vous les aviez appelés, eux aussi, peut-être ? Et amenés ici pour qu'ils meurent dans les vents des Montagnes Infernales ? Est-ce que la mort en gros vous procure du plaisir, espèce de fille-goule ?

— Ce n'est pas juste !

Les mots imaginaires étaient comme un cri d'angoisse, et la figure fantomatique se crispa comme pour pleurer.

— Je ne les avais pas appelés. Ils sont venus là où les menaient leur travail et leur destin. Vous seul aviez le choix de venir, ou de ne pas venir, parce que je vous avais appelé. Vous avez choisi de venir et de partager le sort qui leur était destiné. Je vous sauverai si je le peux. Quant à eux, il est trop tard. Leur sort n'a jamais été entre mes mains. Vous, je peux vous sauver, si vous m'entendez, mais il faut que vous vous leviez ! Levez-vous ! cria-t-elle avec désespoir. Vous mourrez si vous restez ici plus longtemps. Levez-vous et cherchez un abri, car je ne peux commander ni vent ni tempête !

Andrew Carr ouvrit les yeux et battit des paupières. Comme il s'en était toujours douté, il était seul et gisait, fiévreux, sur la corniche, dans les débris de l'avion. La fille — si elle avait jamais été là — avait disparu.

Levez-vous et cherchez un abri, car je ne peux commander ni vent ni tempête. C'était évidemment une excellente idée, s'il pouvait y parvenir. Un abri. L'endroit où il gisait, sous un fragment de la cabine écrasée de l'avion, était loin d'être idéal pour affronter la nuit glaciale de cette étrange planète. On l'avait prévenu de la rudesse du climat quand il était arrivé sur Cottman IV. Seul un fou passerait la nuit dehors pendant la saison des tempêtes.

Il s'efforça désespérément de libérer sa cheville emprisonnée dans le métal tordu, comme la patte d'un animal pris au piège. Cette fois, il sentit le métal plier, céder un peu, et bien que la douleur fût intolérable, labourant peau et chair, il tira avec acharnement sur le pied coincé. A présent, il pouvait bouger suffisamment pour se pencher et déplacer la jambe avec ses mains. Les vêtements et la chair déchirés glissaient sous ses doigts couverts de sang qui commençait déjà à durcir dans le froid glacial. Quand il touchait le métal déchiqueté, ses mains brûlaient comme du feu, mais à présent, il pouvait guider la jambe blessée en évitant les bords acérés du métal. Enfin, avec un soupir d'agonie mêlé de soulagement, il dégagea son pied, couvert de sang, coupé jusqu'à l'os, mais libre. Il se mit péniblement debout, pour retomber sur les genoux, renversé par une rafale de ce vent cinglant qui, chargé de neige fondue, rugissait au bord de la falaise.

En rampant, pour donner au vent le moins de prise possible, il se glissa à l'intérieur de la cabine de l'avion. Celle-ci balançait dangereusement dans la tempête qui faisait rage. Il abandonna toute idée de s'y réfugier. Si le vent empirait, le maudit avion serait catapulté dans la vallée invisible qui s'étendait trois cents mètres plus bas. Une partie, pensa-t-il, y était déjà tombée lors du premier choc. Mais se voyant en vie, au-delà de toute attente, il devait s'assurer qu'il n'y avait pas d'autre survivant.

Stanforth était mort, bien sûr. Tué sur le coup, sans doute, à en juger par la plaie qu'il avait au front. Sa cervelle s'était figée sur son visage, et Andrew ferma les yeux, horrifié. Les deux cartographes — l'un s'appelait Mattingly ; il n'avait jamais su le nom de l'autre — gisaient inertes et disloqués, sur le sol. Quand il rampa, avec précaution, dans la cabine oscillante pour voir s'il restait la moindre étincelle de vie chez l'un ou chez l'autre, ce fut seulement pour se rendre compte que les corps étaient froids et rigides. Aucune trace du pilote : il avait dû tomber avec le nez de l'avion, dans l'affreux gouffre en contrebas.

Ainsi, il était seul. Prudemment, Andrew sortit à reculons de la cabine. Puis, s'armant de courage, y pénétra de nouveau. Il y avait de la nourriture dans l'avion — pas beaucoup, des rations pour une journée, quelques repas, la réserve de bonbons de Mattingly (celui-ci les avait généreusement fait passer, et ils avaient tous refusé en riant) ; des vivres de secours dans un compartiment marqué à cet effet derrière la porte. Il traîna le tout dehors, puis, tremblant de terreur, s'appliqua à dégager l'énorme manteau du cadavre raidi de Mattingly. Cela lui soulevait le cœur — *voler les morts* — mais l'épaisse fourrure ne pouvait plus servir à son propriétaire et allait peut-être lui sauver la vie dans la nuit terrible qui se préparait.

Quand il se glissa pour la dernière fois hors de la cabine que le vent ébranlait affreusement, il se sentait malade et frissonnant, et sa jambe déchiquetée, par bonheur insensible jusqu'alors, commençait à le faire souffrir atrocement. Il recula avec précaution vers la paroi de la corniche pour entasser ses provisions durement gagnées contre les rochers.

Il lui vint à l'idée qu'il devrait tenter une dernière expédition dans l'avion. Stanforth, Mattingly et l'autre portaient sur eux des papiers d'identité, leurs insignes du Service de l'Empire terrien. S'il vivait, s'il retournait au port, cela servirait à prouver leur décès, et leurs familles seraient sensibles à ce geste de sympathie. Péniblement, il se dirigea vers la cabine.

Et elle apparut de nouveau, la fille, le fantôme, la goule qui l'avait amené là. Blanche de terreur, elle lui barrait directement le passage. Sa bouche se crispait en un hurlement.

— Non ! Non !

Involontairement, il fit un pas en arrière. Il savait qu'elle n'était pas là, qu'elle n'était qu'une illusion, mais il recula, et son pied blessé céda sous son poids. Il tomba contre la roche, frappé par un coup de vent mugissant comme une créature infernale.

La fille avait encore disparu.

Au même moment, avant qu'il ait pu se relever, il y eut une violente rafale de vent et de neige, accompagnée d'une détonation semblable à un coup de tonnerre. Dans un formidable fracas final, la cabine de l'avion bascula, glissa le long des rochers et disparut dans le gouffre. Il y eut un grondement effroyable, comme une avalanche, comme la fin du monde. Andrew, haletant, se cramponna à la paroi de la falaise.

Puis le bruit cessa. On n'entendait plus que le grondement sourd de la tempête de neige. Andrew se pelotonna dans le manteau de fourrure pour reprendre son souffle.

Une fois encore, la fille l'avait sauvé.

C'est absurde, se dit-il. *Inconsciemment, je devais savoir que ça allait tomber.*

Il arrêta là ses réflexions. Pour le moment, il avait échappé de peu à la mort grâce à une série de miracles, mais il était loin d'être sauf.

Si ce vent pouvait faire tomber un avion de la falaise, il pouvait le faire tomber, lui aussi, raisonna-t-il. Il fallait qu'il cherche un endroit plus sûr pour s'abriter et se reposer.

Prudemment, cramponné à la roche, il se glissa le long

de la corniche, pour s'apercevoir qu'à trois mètres devant lui, le chemin se rétrécissait et s'achevait en une pente obscure, rendue glissante par la neige fondue. Péniblement, il revint sur ses pas. Il faisait de plus en plus sombre, et la neige à présent tombait plus blanche, douce et épaisse. Epuisé par l'effort et la douleur, Andrew aurait aimé s'allonger, s'envelopper dans le manteau de fourrure et s'endormir là. Mais il savait très bien que s'il s'endormait, il mourrait. Il résista à la tentation et se traîna dans la direction opposée. Il lui fallait éviter les fragments de métal qui l'avaient retenu prisonnier. Soudain, il heurta le tibia de sa jambe valide contre un rocher qu'il n'avait pas vu. Le choc le plia en deux, et il gémit de douleur.

Finalement, il parcourut la falaise sur toute sa longueur. Tout au bout, la corniche s'élargissait en une pente douce qui montait vers une sorte de plateau. Là-haut poussaient d'épaisses broussailles aux racines tenaces. Andrew les examina dans l'obscurité et hocha la tête : le feuillage épais résisterait au vent. Ces arbustes étaient évidemment enracinés là depuis des années. Tout ce qui poussait en un tel endroit devait tenir le coup contre le vent, la tempête, les blizzards. Pourvu que son pied tienne le coup jusqu'en haut...

Ce n'était pas facile, avec son manteau et ses provisions, et sa blessure. Mais avant l'obscurité totale, il avait escaladé la pente — en rampant, vers la fin, sur deux mains et un genou — jusqu'à l'abri des arbres. Enfin, il s'affala sous ce refuge. Là, du moins, le vent rageur soufflait moins violemment, freiné par les branches. Dans la trousse d'urgence, il y avait une petite lampe de poche, et à sa faible lumière, il trouva de la nourriture concentrée, une couverture fine du type « espace », qui le garderait bien au chaud, et des tablettes de combustible. Il improvisa, avec la couverture et son propre manteau, une tente rudimentaire en se servant des branches les plus larges pour la soutenir :

cela faisait une sorte de tranchée entre les buissons et les racines des arbustes, où il pourrait s'allonger à l'abri de la neige. Maintenant, il ne désirait plus que s'effondrer et ne plus bouger, mais avant que ses dernières forces ne l'aient abandonné, il s'appliqua avec acharnement à couper la jambe du pantalon gelé et les restes de la botte qui recouvrait son pied blessé. Il n'aurait jamais imaginé qu'il fût possible de tant souffrir quand il badigeonna la blessure d'antiseptique et la banda hermétiquement, mais il y parvint tant bien que mal, sans pouvoir s'empêcher de gémir comme un animal sauvage. Enfin, à bout de forces, il se laissa tomber dans son terrier et prit un des bonbons de Mattingly. Il se força à le mâcher, sachant que le sucre réchaufferait son corps frissonnant. Enfin, au moment même où il l'avalait, il tomba dans un profond assoupissement léthargique.

Pendant longtemps, son sommeil fut sombre et sans rêve, sa volonté ayant tout effacé. Puis il prit vaguement conscience de la fièvre et de la douleur, de la tempête qui faisait rage. Quand la sensation eut diminué, toujours somnolent et fiévreux, il se sentit saisi d'une soif intense et rampa à l'extérieur pour sucer quelques glaçons qu'il détacha de sa tente, puis il tituba à quelques pas de son abri pour se soulager. Enfin, il se laissa retomber, épuisé, dans son trou, pour prendre quelque nourriture et sombrer dans un profond sommeil douloureux.

Il ne se réveilla qu'au matin. Il se sentit mieux en voyant la clarté du jour et en entendant le murmure du vent dans les cimes. La tempête avait cessé. Son pied et sa jambe lui faisaient toujours mal, mais la douleur était supportable. Quand il s'assit pour changer le pansement, il constata avec satisfaction que la blessure ne s'était pas infectée. Au-dessus de lui, le soleil rouge sang de Cottman IV commençait à peine à s'élever vers les hauteurs. Andrew se glissa jusqu'au bord de la falaise et regarda dans la vallée noyée de brume. C'était un coin sauvage et désert qui ne semblait pas avoir été touché par l'homme.

Pourtant, c'était un monde habité, un monde peuplé d'humains que l'on ne pouvait, pour autant qu'il sût, distinguer des Terriens. Il avait survécu à l'accident survenu à l'avion de cartographie et d'exploration. Il devait y avoir un moyen de retourner à la base spatiale. Peut-être que les gens du pays se montreraient amicaux et l'aideraient, quoique cela lui parût peu probable.

Pourtant, tant qu'il y avait de la vie, il y avait de l'espoir... et il était toujours en vie. Des hommes s'étaient perdus avant lui dans les régions sauvages et inexplorées de mondes inconnus et en étaient revenus pour en parler au siège de l'Empire sur la Terre. Donc il lui fallait remettre sa jambe en état pour sortir de ces montagnes. Les Infernales. C'était le cas de le dire. Elles étaient infernales, à tout point de vue. Vents de travers, courants d'air ascendants, descendants, tempêtes soufflant de nulle part — l'avion qui pourrait affronter de telles bourrasques n'était pas encore conçu. Andrew se demanda comment les habitants pouvaient bien traverser ces montagnes. Avec des mules ou quelque équivalent local, pensa-t-il. De toute façon, il y aurait des cols, des routes, des chemins...

Comme le soleil montait encore, les brumes se dispersèrent, et il put voir la vallée qui s'étendait en dessous de lui. La plupart des versants étaient couverts d'arbres. Tout au fond de la vallée coulait une rivière, et une ombre qui ressemblait à un pont la traversait. La contrée n'était donc pas complètement inhabitée, après tout. Andrew apercevait aussi des taches qui pouvaient très bien être des terres labourées, des champs, des jardins, un paysage agréable et paisible, avec de la fumée s'élevant des cheminées et des maisons. Mais tout cela était très loin. Et entre les terres cultivées et la falaise où se tenait Andrew, semblaient se succéder des lieues et des lieues d'abîmes, de contreforts et d'à-pics.

Il fallait à tout prix qu'il parvienne là-bas, et ensuite, à la base spatiale. Et puis, nom de nom ! il quitterait cette sacrée planète inhospitalière où il n'aurait jamais dû venir en premier lieu, et puisqu'il y était venu, qu'il aurait dû quitter dans les quarante-huit heures. Eh bien, il partirait maintenant.

Oui, mais la fille ?

Au diable, la fille. Elle n'a jamais existé. Ce n'était qu'un rêve dû à la fièvre, un fantôme, un symbole de ma propre solitude.

Seul. J'ai toujours été seul, sur une douzaine de planètes.

Il est probable que chaque être seul rêve qu'un jour, il trouvera un monde où quelqu'un l'attend, quelqu'un qui lui tendra la main, qui touchera quelque chose au fond de lui et dira : « Je suis ici. Nous sommes ensemble... »

Il y avait eu des femmes, bien sûr. Des femmes dans tous les ports — quel était le dicton, commencé avec les marins, puis attribué aux hommes de l'espace : « toujours une nouvelle femme dans chaque port... » ? Et il savait que certains hommes trouvaient cet état de choses enviable !

Mais aucune de ces femmes n'avait été la bonne, et au fond de lui-même, il se rappelait tout ce qu'on lui avait dit à la division Psycho. Ils devaient savoir de quoi ils parlaient. On recherche la perfection chez une femme pour éviter une véritable liaison. On se réfugie dans un idéal pour ne pas avoir à faire face aux dures réalités de la vie. Et ainsi de suite. Quelques-uns d'entre eux étaient même allés jusqu'à essayer de le convaincre qu'il était inconsciemment homosexuel et trouvait ses expériences sexuelles insatisfaisantes parce que les femmes ne l'intéressaient pas vraiment. Seulement, il ne pouvait pas se l'avouer. On le lui avait répété, cent fois. Malgré tout, le rêve persistait.

Pas une femme pour son lit, mais une pour son cœur affamé.

Sans doute la vieille diseuse de bonne aventure avait-elle joué sur ce fait. Peut-être que tant d'hommes partageaient le même rêve qu'elle sortait la même chose à tout le monde, de même que les médiums charlatans sur Terre parlaient aux adolescentes du bel inconnu qu'elles rencontreraient sûrement un jour.

Non, elle était réelle. Je l'ai vue, et elle m'a appelé...

Très bien. Penses-y, maintenant. Il est temps de mettre les choses au point...

Il était venu à Cottman IV alors qu'il était en route pour une nouvelle mission. Ce n'était qu'une escale, une planète-carrefour parmi tant d'autres, un centre d'aiguillage du réseau de l'Empire terrien. La base spatiale était vaste, de même que la cité de commerce qui l'entourait. Mais la planète n'était pas une colonie de l'Empire, avec un commerce établi, des voyages, des visites. C'était, il le savait, un monde habité, mais pour la plus grande partie interdit aux Terriens. Il ignorait le nom que les autochtones lui donnaient. Celui qui figurait sur les cartes de l'Empire lui suffisait : Cottman IV. Il n'avait pas prévu d'y rester plus de quarante-huit heures, juste le temps d'organiser son voyage vers sa destination finale.

C'est alors qu'en compagnie de trois autres membres du service de l'Espace, il s'était rendu à la vieille ville. Il était las de l'ordinaire servi dans les vaisseaux. Cela avait toujours goût de machines, un fort goût âcre d'épices qui tentaient de masquer la saveur caractéristique de l'eau recyclée et des hydrocarbures. La nourriture de la vieille ville avait au moins l'avantage d'être naturelle : de la bonne viande grillée telle qu'il n'en avait pas eu depuis son dernier cantonnement, des fruits frais et odorants, un vin clair et doré. Il avait apprécié ce repas plus que n'importe lequel depuis des mois. Ensuite, par curiosité, il avait déambulé avec ses compagnons dans le marché, achetant des souvenirs, tâtant d'étranges étoffes rugueuses et de douces fourrures. Puis il s'était arrêté au stand d'une diseuse de bonne aventure, et pour s'amuser, avait prêté l'oreille à ses propos.

— Quelqu'un vous attend. Je peux vous montrer la figure de votre destinée, étranger. Voulez-vous voir le visage de celle qui vous attend ?

Il n'avait jamais pensé que ce fût rien de plus que la combine classique pour lui soutirer quelques pièces. Amusé, il avait donné à la vieille femme les pièces demandées et l'avait suivie dans sa baraque de toile. A l'intérieur, elle avait regardé dans son cristal — curieux comme, dans chaque monde où il était passé, la boule de cristal était l'instrument de prédilection de la prétendue double vue — et puis, sans un mot, avait poussé la boule vers lui. Mi-amusé, mi-dégoûté, prêt à s'éloigner, Andrew s'était penché et avait aperçu le joli minois, l'éclatante chevelure rousse.

Une publicité pour une poule de luxe, pensa-t-il cyniquement, et il se prépara à demander à la vieille maquerelle combien elle demandait pour la fille ce jour-là, et si elle avait des tarifs spéciaux pour les Terriens. A ce moment-là, la fille dans le cristal leva les yeux, son regard croisa celui d'Andrew, et...

Et c'était arrivé. Il n'y avait pas de mots pour l'exprimer. Il était resté si longtemps immobile, penché sur le cristal, qu'il en eut des crampes dans le cou, auxquelles il ne prêta d'ailleurs aucune attention sur le moment.

Elle était très jeune et semblait à la fois apeurée et souffrante. Il avait l'impression qu'elle pleurait et lui demandait une aide que lui seul pouvait apporter ; qu'elle le touchait intentionnellement au plus profond de lui-même. Mais il ne parvenait pas à comprendre ce que c'était, sauf qu'elle l'avait appelé, qu'elle avait désespérément besoin de lui.

C'est alors que le visage avait disparu.

Il avait mal à la tête. Il s'agrippa à la table, tremblant, tâchant vainement de la rappeler.

— Où est-elle ? Qui est-elle ? supplia-t-il.

La vieille femme tourna vers lui un visage renfrogné. Apparemment, elle ignorait tout de ce qui venait de se passer.

— Non, vraiment, comment saurais-je ce que vous avez vu, étranger d'une autre planète ? Je n'ai rien vu, ni personne, et d'autres attendent. Vous devez partir, à présent.

Déconcerté, accablé, il était sorti en trébuchant.

Elle m'a appelé. Elle a besoin de moi. Elle est ici... Et je pars dans six heures.

Cela ne lui avait pas été vraiment facile de rompre son contrat afin de rester, mais il n'avait pas eu trop de difficultés non plus. Les postes sur les planètes où il se rendait étaient très demandés. En moins de trois jours, il serait remplacé. Il lui faudrait accepter un grade deux échelons en dessous du sien, mais cela lui importait peu. D'un autre côté, comme on le lui avait appris au Personnel, les volontaires pour Cottman IV étaient difficiles à trouver. Le climat était mauvais, il n'y avait pour ainsi dire pas de commerce avec l'Empire et, bien que le salaire fût intéressant, aucun employé qualifié ne tenait vraiment à s'exiler si loin, aux limites de l'Empire, sur une planète qui refusait obstinément tout rapport avec eux sauf la location de la base spatiale. On lui offrit le choix entre un travail au centre d'informatique et un emploi dans la section Cartographie et Exploration, très dangereux mais largement rémunéré.

Pour on ne sait quelle raison, les habitants de cette planète n'avaient jamais dressé de carte de la contrée. L'Empire terrien avait pensé améliorer les relations publiques avec eux en leur présentant des cartes finies que leur technologie ne pouvait ou ne voulait exécuter.

Il choisit Cartographie et Exploration. Il savait déjà — en l'espace d'une semaine, il avait vu chaque fille, chaque femme de la base — qu'*elle* ne travaillait ni au Médic, ni au Personnel, ni aux Communications. Les employés du service de Cartographie et Exploration jouissaient de certains privilèges qui leur permettaient de sortir des strictes limites de l'Empire. *Il ne savait où, ni pourquoi, elle se trouvait là, et l'attendait...*

C'était devenu une obsession, il s'en rendait compte, mais il ne pouvait ni ne voulait rompre le charme.

Enfin, la troisième fois qu'il était parti en expédition dans l'avion de cartographie, l'accident... et il était là, pas plus près d'elle qu'avant. Elle, son rêve. Si elle avait jamais existé, ce dont il doutait.

Epuisé par cet effort de mémoire, il rampa de nouveau à l'intérieur de son refuge pour se reposer. Il aurait assez de temps le lendemain pour trouver un moyen de sortir de la corniche. Il mangea les rations de secours, suça de la glace et sombra dans un sommeil inconfortable...

Elle apparut de nouveau, debout devant lui, à la fois à l'intérieur et à l'extérieur du petit abri sombre, comme un fantôme, un rêve, une fleur obscure, une flamme dans son cœur...

Je ne sais pourquoi c'est vous que j'ai atteint, étranger. Je cherchais mes cousins, ceux qui m'aiment et pourraient m'aider...

Demoiselle en détresse, je parie, pensa-t-il. *Que me voulez-vous ?*

Le visage se couvrit de tristesse.

Qui êtes-vous ? Je ne peux continuer à vous appeler « fille fantôme ».

Callista.

Cette fois, je deviens fou, se dit Andrew. *C'est un nom terrien.*

Je ne suis pas une sorcière de la Terre. Mes facultés sont d'air et de feu...

Tout cela ne rime à rien. *Que me voulez-vous ?*

Pour le moment, sauver la vie que j'ai sans le vouloir mise en danger. Il faut que je vous prévienne : évitez la contrée des ténèbres...

Elle disparut brusquement, et il se retrouva seul, clignant des yeux.

Callista signifie tout simplement « belle », si je me souviens bien, pensa-t-il. *Peut-être n'est-elle qu'un symbole de beauté dans mon esprit. Mais qu'est-ce que la contrée des ténèbres ? Et comment peut-elle m'aider à me sauver ? Oh ! quelle idiotie, voilà que je recommence à la traiter comme si elle était réelle.*

Regarde les choses en face. Cette femme n'existe pas, et si tu dois sortir d'ici, tu devras le faire seul.

Pourtant, comme il s'allongeait pour se reposer et faire ses plans, il se surprit à essayer, encore une fois, de rappeler le joli visage devant ses yeux.

2

LA tempête faisait toujours rage sur les hauteurs, mais dans la vallée, la lumière du soleil couchant brillait. Seul l'épais nuage en forme d'enclume, à l'ouest, indiquait l'endroit où l'orage enveloppait les pics montagneux.

Damon Ridenow menait son cheval, la tête baissée, s'arc-boutant contre le vent qui faisait claquer sa cape : cela lui donnait l'impression de voler, comme pour fuir un orage menaçant. Il essaya de se dire : *le temps glacial me transperce jusqu'aux os,* mais il savait qu'il y avait autre chose. Il ressentait un malaise, quelque chose qui tourmentait et harcelait son esprit, comme un mauvais pressentiment.

Il s'aperçut qu'il avait constamment détourné les yeux des basses collines boisées qui s'étendaient à l'est. Volontairement, tâchant de rompre l'étrange malaise, il se retourna sur sa selle et se força à examiner les versants de bas en haut.

La contrée des ténèbres.

C'est absurde ! se dit-il avec colère. Il y avait eu la guerre, l'an dernier, avec les hommes-chats. Certains des siens avaient été tués, et d'autres avaient dû partir, obligés de se réinstaller sur les terres Alton, aux alentours des lacs. Les hommes-chats étaient féroces et cruels, c'est vrai, ils massacraient, brûlaient, torturaient et laissaient pour morts ceux qu'ils n'avaient pu tuer du premier coup. Peut-être Damon ressentait-il tout simplement le souvenir de la souffrance causée par la guerre à ce même endroit. *Mon esprit est ouvert à ceux qui ont souffert...*

Non, c'était pire que cela. Les choses qu'on lui avait racontées au sujet de ce que les hommes-chats avaient fait...

Il jeta un coup d'œil derrière lui. Son escorte — quatre fines lames de la garde — commençait à se grouper et à murmurer, et il se rendit compte qu'il devrait ordonner une halte pour permettre aux chevaux de souffler. L'un des gardes éperonna son cheval et vint se ranger à son côté. Damon serra la bride de sa monture pour regarder l'homme.

— Seigneur Damon, dit le garde avec toute la déférence due, mais d'un air fâché. Pourquoi menons-nous un tel train comme si des ennemis galopaient à nos trousses ? Je n'ai entendu aucune rumeur de guerre ou d'attaque.

Damon se contraignit à réduire le pas, au prix d'un grand effort. Il eût voulu éperonner sa monture, rejoindre à toute vitesse la sûreté d'Armida où ils se rendaient...

— Je crois que nous *sommes* suivis, Reidel, dit-il gravement.

Le garde parcourut l'horizon d'un œil méfiant — c'était son devoir d'être circonspect — mais franchement sceptique.

— Quel buisson, pensez-vous, cache un guet-apens, seigneur Damon ?

— Vous en savez autant que moi, soupira Damon.

L'homme s'entêta.

— Eh bien, vous êtes un seigneur Comyn, et c'est

votre affaire, et mon devoir est d'exécuter vos ordres. Mais il y a une limite à ce qu'un homme et un cheval peuvent faire, monseigneur, et si nous sommes attaqués, avec nos chevaux épuisés et nos courbatures, nous ne nous battrons que moins bien.

— Je pense que vous avez raison, soupira Damon. Ordonnez la halte, donc. Au moins, ici, il y a peu de danger d'attaque en pays découvert.

Il était courbatu et fatigué, et heureux de descendre de cheval, bien que l'idée d'une catastrophe imminente l'obsédât. Quand le garde Reidel lui apporta à manger, il prit sa part sans sourire et n'adressa à Reidel que des remerciements distraits. Le garde s'attarda auprès de lui, usant de son privilège de vieille connaissance.

— Sentez-vous encore du danger derrière chaque arbre, seigneur Damon ?

— Oui, mais je ne saurais dire pourquoi, répondit Damon avec un soupir.

C'était un homme de taille à peine au-dessus de la moyenne, un homme fin et pâle, aux cheveux couleur de feu, caractéristiques des seigneurs Comyn des Sept Domaines. Comme la plupart de ses cousins, il n'était armé que d'une dague, et sous son manteau, il portait la tunique légère d'un homme peu habitué à vivre dehors, d'un érudit. Le garde l'observait avec sollicitude.

— Vous n'êtes pas habitué à passer tant de temps à cheval, monseigneur, et à une telle allure. Etait-ce nécessaire de partir aussi rapidement ?

— Je ne sais pas, répondit le seigneur Comyn calmement. Mais ma cousine à Armida m'a envoyé un message — un message très prudent — me suppliant de me rendre chez elle le plus vite possible, et elle n'est pas de ces gens qui sursautent à la vue d'une ombre et passent des nuits blanches de crainte que les bandits n'attaquent la propriété quand les hommes de la maison sont absents. Une sommation urgente de la dame Ellemir n'est pas une chose à prendre à la légère, alors je me suis mis en route tout de suite, comme il se doit. Ce pourrait être un ennui de famille, quelque maladie dans sa maisonnée. Quoi que ce soit, l'affaire est grave, sinon elle serait capable de s'en occuper seule.

Le garde approuva posément.

— J'ai entendu dire que la dame est courageuse et intelligente, dit-il. J'ai un frère qui fait partie de ses gens. Puis-je aller faire part de tout cela à mes camarades, monseigneur ? Ils grogneront sans doute moins s'ils savent qu'il s'agit d'un ennui grave et non d'un caprice de votre part.

— Je vous en prie, allez, ce n'est pas un secret, dit Damon. Je l'aurais fait de moi-même, si j'en avais eu l'idée.

Reidel sourit.

— Je sais que vous n'abusez pas de vos hommes, dit-il, mais aucun d'entre nous n'avait entendu de rumeur, et aucun homme sensé ne tient à traverser ce pays sans y être vraiment forcé.

Il allait s'éloigner, mais Damon le retint par la manche.

— Sans y être vraiment forcé — que voulez-vous dire, Reidel ?

Maintenant qu'on l'interrogeait directement, l'homme se montrait nerveux.

— Dangereux, dit-il enfin, et de mauvaise réputation. Une malédiction le couvre. On l'appelle maintenant la contrée des ténèbres. Aucun homme ne veut s'y rendre ou seulement la traverser, à moins qu'il ne puisse faire autrement, et encore, seulement s'il est entouré de protection considérable.

— C'est absurde.

— Vous pouvez vous moquer, monseigneur, vous autres Comyn êtes protégés des Grands Dieux.

Damon soupira.

— Je ne vous croyais pas si superstitieux, Reidel. Vous êtes dans la garde depuis vingt ans, et vous étiez écuyer de mon père. Pensez-vous toujours que nous, les Comyn, soyons différents des autres hommes ?

— Vous avez davantage de chance, dit Reidel, les dents serrées. Maintenant, quand les gens pénètrent dans la contrée des ténèbres, ils n'en sortent plus, ou en reviennent l'esprit égaré. Non, monseigneur, ne riez pas de ce que je vous dis, c'est arrivé au frère de ma mère, voilà deux lunes. Il s'est rendu dans cette contrée pour rendre visite à une pucelle qu'il comptait épouser en secondes noces, car il avait payé le droit d'alliance quand elle n'avait que neuf ans. Il n'est pas revenu quand il aurait dû, et quand ils m'ont dit qu'il avait disparu à jamais dans les ténèbres, moi aussi, j'ai ri et leur ai dit qu'il avait sans doute retardé son retour pour coucher avec la jeune fille et lui faire un enfant. Enfin, un soir, après avoir dépassé de dix jours sa permission, il est revenu à la salle des gardes à Serré, mais son visage — son visage...

Il cessa de chercher ses mots et acheva :

— Il avait l'air de quelqu'un qui a regardé dans le septième enfer de Zandru. Ce qu'il disait n'avait aucun sens, monseigneur. Il divaguait, parlait de grands feux, de mort dans le vent et de jardins abandonnés, et de nourriture ensorcelée qui rendait les gens fous, et de filles qui labouraient son âme comme des chattes-démones. On a envoyé chercher la sorcière pour soigner son esprit, mais avant qu'elle ait eu le temps d'arriver, il s'est affaissé et est mort en délirant.

— Quelque maladie des montagnes et des contreforts, dit Damon.

Mais Reidel secoua la tête.

— Comme vous me l'avez rappelé vous-même, monseigneur, il y a vingt ans que je suis garde dans ces collines, et mon oncle quarante. Je connais les maladies qui frappent les hommes, et celle-là n'en était pas. Je ne connais pas non plus de maladie propre à une seule région. Moi-même, j'ai pénétré dans la contrée des ténèbres, monseigneur, et j'ai vu les jardins et les vergers abandonnés, et les gens qui y vivent actuellement. C'est vrai qu'ils vivent de nourriture ensorcelée, monseigneur.

Damon l'interrompit une nouvelle fois.

— De la nourriture ensorcelée ? La sorcellerie n'existe pas, Reidel.

— Appelez ça comme vous voulez, mais cette nourriture n'est faite ni de graines, ni de racines, ni de fruits, ni d'arbres comestibles, monseigneur, ni de chair animale. Je n'ai pas voulu en toucher une miette, et je pense que c'est pour cela que j'en suis revenu indemne. Je l'ai vue venir dans l'air.

— Ceux qui connaissent leur métier, dit Damon, peuvent préparer de la nourriture à partir d'éléments qui paraissent immangeables, Reidel, et c'est sain. Un technicien en matrices — comment expliquer cela ? — décompose la matière chimique qui ne peut être mangée sans danger, et change sa structure de façon qu'elle devienne digeste et nutritive. Ce ne serait pas suffisant pour maintenir une personne en vie pendant des mois, mais cela peut servir pendant quelque temps en cas d'urgence. Je peux faire cela moi-même, et il n'y a pas de sorcellerie là-dedans.

Reidel fronça les sourcils.

— La sorcellerie de votre pierre-étoile...

— Au diable, la sorcellerie, dit Damon avec humeur. Une technique.

— Mais alors, comment se fait-il que personne d'autre que les Comyn ne puisse le faire ?

Damon soupira.

— Je ne sais pas jouer du luth. Mes oreilles et mes

doigts n'ont ni le talent inné ni l'entraînement. Mais vous, Reidel, vous êtes né avec de l'oreille, et vos doigts ont été formés dès l'enfance, et c'est pourquoi vous pouvez jouer de la musique à votre gré. C'est la même chose pour nous. Les Comyn naissent avec le don. Comme ce pourrait être le don de la musique. Durant l'enfance, on nous apprend à changer la structure de la matière à l'aide de ces matrices. Je ne peux réaliser que de petites choses. Ceux qui reçoivent une formation plus approfondie peuvent faire beaucoup plus. Il se peut que quelqu'un ait essayé quelques expériences avec de telles imitations de nourriture dans cette contrée, et ne connaissant par la technique à fond, ait mis en œuvre un poison qui rend les gens fous. Mais c'est une affaire pour les gardiennes. Comment se fait-il que personne ne leur ait encore parlé afin qu'elles rétablissent la situation, Reidel ?

— Dites ce que vous voulez, dit le garde.

Son visage fermé en disait long.

— La contrée des ténèbres est possédée d'un maléfice, et les honnêtes gens devraient l'éviter. Et maintenant, s'il vous plaît, monseigneur, nous devrions remonter à cheval, si nous voulons atteindre Armida avant la nuit.

— Vous avez raison, dit Damon.

Il se mit en selle et attendit que son escorte se soit rassemblée. Il y avait de quoi réfléchir. Il avait, en effet, entendu des rumeurs au sujet des terres en bordure du pays des hommes-chats, mais rien de tel jusqu'à présent. Etait-ce de la superstition, quelque rumeur fondée sur le commérage de gens ignorants ? Non. Reidel, pas plus que son oncle, n'était homme à inventer de telles histoires. C'était un rude soldat depuis vingt ans, et non un homme à se laisser prendre à des chimères. Quelque chose de très tangible avait tué son oncle, et Damon aurait parié que le vieux bonhomme ne s'était pas laissé tuer sans en découdre.

Quand ils parvinrent au sommet de la colline, Damon jeta un regard attentif dans la vallée, guettant la moindre trace de guet-apens. Son impression d'être surveillé, suivi, était à présent devenue une obsession. L'endroit était idéal pour une embuscade, alors qu'ils franchissaient la colline. Mais la route et la vallée s'étendaient devant eux, désertes, sous la lumière voilée du soleil. Damon fronça les sourcils, puis essaya de se décontracter par un effort de volonté. *Tu en arrives au point où une ombre te fait sursauter. Ellemir sera bien avancée si tu ne retrouves pas ton calme et ton assurance.*

Il porta sa main gantée à la chaîne qui pendait à son cou. Là, enveloppée de soie dans une petite poche de cuir, il sentit la forme solide, l'étrange chaleur de la matrice qu'il portait. La « pierre-étoile », comme l'appelait Reidel, et qui lui avait été donnée après qu'il eut appris à la maîtriser et à l'utiliser, vibrait en harmonie avec son esprit si bien que seul un Ténébrosien — et télépathe du Comyn — pouvait jamais comprendre. Une longue initiation lui avait appris à amplifier les forces magnétiques de son cerveau à l'aide de la curieuse structure cristalline de la pierre. A présent, son esprit se calmait au simple contact de la matrice : c'était le résultat de la longue discipline à laquelle on soumettait les télépathes supérieurement formés.

Raisonnons, se dit-elle. *Chaque chose en son temps.*

Comme son inquiétude diminuait, il sentit son pouls paisible et la lente euphorie indiquant que son cerveau venait de se mettre à fonctionner au rythme de base, ou rythme « de repos ». Flottant au-dessus de lui-même, il profita de ce moment de répit pour prendre en considération ses craintes et celles de Reidel avec objectivité. Il fallait y réfléchir, bien sûr, mais calmement, sans se baser sur des histoires confuses, et pas en chevauchant. C'était un problème à sonder systématiquement, à partir de faits plutôt que de frayeurs, d'événements plutôt que de commérages.

Un hurlement sauvage lui déchira l'âme, brisant son calme artificiel comme une pierre jetée à travers une vitre. Ce fut un choc pénible, bouleversant. L'impact de la peur et de la douleur dans son esprit lui fit pousser un cri. Au même moment, un hurlement se fit entendre, terrifiant, comme on n'entend que sur les lèvres d'un mourant. Son cheval se mit à ruer. Agrippant toujours le cristal à sa gorge, Damon tira désespérément sur les rênes pour contenir sa monture affolée. L'animal s'arrêta brusquement, tremblant, jarrets tendus, pendant que Damon regardait avec stupeur Reidel glisser lentement de sa selle, écroulé et manifestement mort, une longue entaille à la gorge, d'où le sang jaillissait en une fontaine écarlate.

Et il n'y avait personne à côté de lui! Une épée venue de nulle part, une griffe d'acier invisible, tranchant la gorge d'un homme qui vivait, qui respirait.

— Aldones! Maître de la Lumière, délivrez-nous! murmura Damon en lui-même.

Il étreignit le manche de son couteau, tout en luttant contre la panique. Les quatre gardes se battaient, décrivant avec leurs épées de grands arcs étincelants.

Damon serra le cristal entre ses doigts, luttant silencieusement pour maîtriser l'illusion — *car ce ne peut être qu'une illusion!* Lentement, à travers une sorte de voile, il vit des formes indistinctes et étranges, à peine humaines. La lumière semblait briller *à travers* elles, et ses yeux étaient incapables de fixer l'image, bien qu'il s'efforçât de la garder devant lui.

Et il n'était pas armé! Et même s'il avait eu une épée, il était loin d'être une fine lame...

Il empoigna les rênes de son cheval, résistant à

l'impulsion de se ruer sur les attaquants invisibles. Une fureur noire lui fouetta le sang, mais une vague de raison implacable lui dit froidement que, sans arme, il ne parviendrait qu'à se faire tuer avec ses hommes. Désormais, son devoir envers sa cousine primait. Est-ce que sa maison était assiégée par de telles terreurs invisibles ? Ces créatures étaient-elles, par hasard, embusquées là afin d'empêcher ses parents de venir à son aide ?

Ses hommes se battaient sauvagement contre les assaillants. Damon, tenant toujours la matrice, fit faire volte-face à son cheval qui s'élança et s'éloigna de l'ennemi au grand galop, dévalant la colline. Il porta la main à sa gorge. Après tout, quelque lame invisible pouvait très bien faire irruption dans l'air et lui trancher la tête. Derrière lui, les cris rauques de ses gardes lui déchiraient le cœur et l'âme. Il chevauchait tête baissée, en serrant son manteau contre lui, comme si effectivement des démons le poursuivaient. Il ne ralentit pas l'allure jusqu'à ce qu'il fît halte, son cheval tremblant et ruisselant de sueur, sa propre respiration arrivant par halètements inégaux et pénibles, au pied de la colline suivante, une lieue en dessous de l'embuscade, et qu'il vît au-dessus de lui les hautes portes d'Armida.

Il descendit de cheval et sortit le cristal de son étui de cuir et de l'enveloppe de soie. *Nue, elle aurait pu nous sauver la vie à tous,* pensa-t-il, regardant avec désespoir la pierre bleue à l'intérieur de laquelle s'enroulaient des rayons de feu. Ses pouvoirs télépathiques, amplifiés énormément par les champs magnétiques de la matrice, auraient pu maîtriser l'illusion. Ses hommes auraient eu à se battre, mais contre des adversaires visibles, en combat égal. Il inclina la tête. On ne portait jamais une matrice nue. Les vibrations résonnantes devaient être isolées de ce qui l'environnait. De toute façon, ses hommes auraient été tués, et lui aussi, avant qu'il ait pu la dégager de sa protection.

Il remit en soupirant le cristal dans sa pochette, caressa le flanc de son cheval épuisé et, sans le remonter, pour éviter davantage d'efforts à l'animal tremblant et essoufflé, il le mena lentement vers la porte. Armida n'était pas assiégée, semblait-il. La cour était vide et paisible sous le soleil couchant, et les brumes nocturnes commençaient à descendre des collines d'alentour. Des serviteurs se précipitèrent pour s'occuper du cheval et poussèrent des cris alarmés à la vue de Damon.

— Avez-vous été poursuivi ? Seigneur Damon, où est votre escorte ?

Damon secoua la tête lentement, sans essayer de répondre.

— Plus tard, plus tard. Soignez mon cheval et ne le laissez boire que lorsqu'il aura moins chaud. Il a galopé trop longtemps. Envoyez chercher la dame Ellemir et dites-lui que je suis là.

Si cette mission n'est pas de la plus grande importance, se dit-il avec mécontentement, *nous allons nous quereller. Quatre de mes fidèles gardes ont trouvé une mort atroce. Et pourtant, je ne vois ni siège ni émeute.*

Puis il prit conscience du calme sinistre qui régnait dans la cour. Les taches qu'il voyait sur le pavé étaient sûrement des taches de sang... Une inquiétude sourde, un pénible malaise — qu'il savait être dans son esprit, qu'il sentait venir de quelque chose d'autre que le niveau physique où il se trouvait — s'insinuaient lentement en lui.

Il leva les yeux pour voir qu'Ellemir Lanart était devant lui.

— Cousin, dit-elle d'une voix à peine perceptible, j'ai entendu quelque chose, pas assez pour être certaine. Je pensais que c'était toi, aussi...

Sa voix se brisa, et elle se jeta dans ses bras.

— Damon! Damon! Je croyais que tu étais mort, toi aussi!

Damon tenait la jeune fille avec douceur, caressant les épaules tremblantes. Ellemir laissa tomber sa tête flamboyante contre lui. Puis elle soupira, luttant pour retrouver son calme, et releva la tête. Elle était grande et élancée, et ses cheveux couleur de feu la proclamaient membre de la caste de télépathes à laquelle appartenait Damon. Elle avait les traits fins, les yeux bleu vif.

— Ellemir, que s'est-il passé ici? demanda-t-il, sentant son appréhension augmenter. Avez-vous été attaqués?

Elle baissa la tête.

— Je ne sais pas, dit-elle. Tout ce que je sais, c'est que Callista a disparu.

— Disparu? Au nom du ciel, que veux-tu dire? Enlevée par des bandits? Echappée? Enfuie avec un homme?

Au moment même où il prononçait ces paroles, il se rendit compte que c'était de la folie. La sœur jumelle d'Ellemir, Callista, était une gardienne, une de ces femmes entraînées à manier et à contrôler la puissance d'un cercle de télépathes spécialisés. Les gardiennes étaient vouées à la virginité, et entourées d'une crainte telle qu'aucun Ténébrosien sain d'esprit n'eût osé lever les yeux sur l'une d'elles.

— Ellemir, dis-moi! Je la croyais en sûreté à la tour d'Arilinn. Où? Comment?

Ellemir tâchait à grand-peine de se contrôler.

— Ne restons pas ainsi à la porte pour parler, dit-elle en se dégageant.

Damon la laissa aller avec regret — il avait trouvé agréable qu'elle appuie la tête contre son épaule. Il ne pouvait croire qu'une telle pensée lui vînt en un tel moment et, résistant à l'envie de toucher légèrement la main d'Ellemir, il suivit la jeune femme d'un pas tranquille dans la grande salle. Mais à peine fut-elle à l'intérieur qu'elle se tourna vers lui.

— Elle était en visite ici, dit-elle d'une voix tremblante. La dame Leonie songe à se démettre de ses fonctions de gardienne, et Callista doit prendre sa place dans la tour. Mais Callista est d'abord venue me rendre visite, espérant me convaincre de venir à Arilinn et d'y rester avec elle pour qu'elle ne se sente pas si terriblement seule ; en tout cas, pour me voir avant d'être obligée de s'isoler pour organiser le Cercle de la tour. Tout allait bien, bien qu'elle m'ait paru mal à l'aise. Je ne suis pas une télépathe exercée, Damon, mais Callista et moi sommes jumelles, et nos esprits peuvent communiquer, un peu, que nous le voulions ou non. Alors, j'ai senti son inquiétude, mais elle m'a simplement dit qu'elle avait eu des cauchemars de chats-démons et de jardins abandonnés et de fleurs mourantes. Puis l'autre jour...

Le visage d'Ellemir pâlit et, sans qu'elle s'en rendît compte, elle prit la main de Damon, la serrant avec désespoir, comme pour s'appuyer de tout son poids sur lui.

— Je me suis réveillée en l'entendant crier. Mais personne d'autre n'avait entendu aucun son, pas même un murmure. Quatre de nos gens étaient étendus, morts, dans la cour, et parmi eux — parmi eux se trouvait notre vieille nourrice Bethiah. Elle avait nourri Callista de son lait et elle dormait toujours sur une couchette au pied de son lit, et elle gisait là, à peine encore en vie, les yeux — les yeux arrachés comme par des griffes.

Ellemir sanglotait à présent.

— Et Callista avait disparu ! disparu, et je ne pouvais pas l'atteindre, je ne pouvais même pas atteindre son esprit ! Ma jumelle, et elle était partie, comme si Avarra l'avait subitement envoyée vivante dans un autre monde.

Damon raffermit sa voix avec peine.

— Penses-tu qu'elle soit morte, Ellemir ?

Elle soutint son regard avec gravité.

— Je ne le pense pas. Je ne l'ai pas sentie mourir, et ma jumelle ne pourrait pas mourir sans que je partage un peu sa mort. Quand notre frère Coryn est mort en tombant d'une aire alors qu'il attrapait des faucons, Callista et moi l'avons senti passer de vie à trépas. Et Callista est ma sœur *jumelle*. Elle est en vie !

Finalement, la voix d'Ellemir se brisa, et elle se mit à sangloter incontrôlablement.

— Mais où ? Où ? Elle est partie, partie, partie comme si elle n'avait jamais existé ! Et il n'y a eu que de l'ombre depuis. Damon, Damon, que vais-je faire, que vais-je faire ?

3

IL n'aurait jamais cru qu'il pût être aussi difficile de descendre la montagne. Toute la journée, Andrew Carr avait peiné au milieu de rochers pointus et coupants. Il avait essayé de retrouver l'avion pour y récupérer de la nourriture, des vêtements chauds et les insignes de ses camarades, mais en voyant les débris écrasés au fond d'un ravin avait abandonné tout espoir d'y parvenir.

A présent, la nuit tombait et la neige recommençait à tourbillonner légèrement. Andrew se pelotonna dans son épais manteau de fourrure et suça ses derniers bonbons. Il scruta l'horizon, espérant apercevoir des lumières ou quelque autre signe de vie. Il devait y en avoir. Cette planète avait une population dense. Mais dans les montagnes, il devait y avoir des kilomètres ou même des centaines de kilomètres entre chaque région habitée. Il vit enfin quelques lueurs pâles à l'horizon, un groupe de lumières qui pouvait être une ville ou un village. Le seul problème était de l'atteindre. Cela allait être difficile. Il n'avait aucune connaissance des bois, encore moins des techniques de survie. Finalement, se rappelant quelque chose qu'il avait lu, il s'ensevelit à moitié sous un amas de feuilles mortes et se recouvrit la tête d'un pan du manteau. Il n'arrivait pas à lutter efficacement contre le froid et la faim, et bien que sa pensée s'attardât parfois douloureusement sur des visions de nourriture, il parvint à s'endormir. Il dormit difficilement, se réveillant presque toutes les heures à cause du froid, mais il dormit. Et pas une fois il n'aperçut, dans ses rêves confus, le visage de la jeune fille fantomatique.

Pendant les deux jours qui suivirent, Andrew dut se frayer un chemin au milieu de broussailles épineuses, et se perdit par deux fois dans un vallon boisé avant d'atteindre le versant opposé. Du fond de la vallée, il n'y avait aucun moyen de s'assurer de la direction à prendre, et Andrew ne vit aucun signe d'habitation humaine ou autre. Une fois, il trouva les restes extrêmement délabrés d'une clôture en bois et perdit deux heures à la longer — la présence d'une enceinte indiquant généralement l'existence de choses à maintenir à l'intérieur (ou à l'extérieur). Mais ses recherches ne le menèrent qu'à un enchevêtrement de plantes grimpantes desséchées, et Andrew en conclut que, quel que fût le bétail qui avait occupé les lieux autrefois, les animaux et leur gardien étaient partis depuis bien longtemps.

Près de l'endroit où il avait découvert la clôture, Andrew remarqua le lit d'un ruisseau à sec et il présuma qu'il pouvait le suivre. Les civilisations, en particulier sur les terres arables, s'installent toujours le long des cours d'eau, et Andrew voulut croire que cette planète-ci ne serait pas une exception. Ce ruisseau le mènerait hors des collines et probablement jusqu'à la demeure des créatures qui avaient construit l'enceinte. Mais après quelques kilomètres, le lit du ruisseau s'interrompait, bloqué par une chute de pierres. Andrew eut beau faire, il n'en put retrouver la trace de l'autre côté. C'était peut-être la raison pour laquelle les constructeurs de la clôture avaient emmené leur bétail ailleurs.

Vers la fin du second jour, il trouva un arbre noueux duquel pendaient quelques fruits desséchés. Ceux-ci ressemblaient à des pommes et en avaient le goût. Ils étaient durs et secs, mais mangeables. Andrew en mangea une grande partie et garda le reste pour plus tard. Il se sentait malheureux et frustré : il y avait probablement d'autres aliments comestibles autour de lui dans la forêt, comme l'écorce de certains arbres, ou les champignons qui poussaient sur des morceaux de bois mort. L'ennui était qu'il ne pouvait reconnaître les plantes comestibles des plantes vénéneuses, et y penser ne faisait que le tourmenter inutilement.

Tard dans la nuit, tandis qu'Andrew cherchait un endroit où dormir à l'abri du vent, la neige se remit à tomber avec une persistance qui le remplit d'appréhension. Il avait entendu parler des blizzards de ces collines, et l'idée de se retrouver dans la tourmente, sans nourriture, ni vêtement approprié, ni refuge, le rendait terriblement anxieux. La neige s'était épaissie à une telle rapidité qu'il pouvait difficilement voir à deux pieds devant lui et que ses souliers étaient devenus d'énormes paquets de boue raidis par le froid.

C'est la fin, se dit-il. C'était déjà la fin quand l'avion s'est écrasé, seulement je n'ai pas eu le bon sens de l'admettre.

J'aurais pu m'en tirer s'il avait fait beau, mais maintenant c'est fichu !

A présent, la seule chose à faire était de trouver un endroit confortable, de préférence à l'abri du vent qui hurlait dans les rochers escarpés au-dessus de lui. Ensuite, il n'aurait plus qu'à s'allonger, se mettre à l'aise et s'endormir dans la neige. Et ce serait la fin. Ce coin du monde était tellement désert qu'il faudrait des années avant qu'on ne trouve son corps — par accident

— et qu'il serait impossible de savoir s'il s'agissait d'un Terrien ou d'un autochtone.

Bon sang de vent! Il rugissait comme trente-six tunnels aérodynamiques, comme le chœur des âmes damnées de *L'Enfer* de Dante. Il créait aussi une curieuse illusion : Andrew avait l'impression qu'une voix lointaine l'appelait.

Etranger! Etranger!

C'était une hallucination, bien sûr. Personne, dans un rayon de cinq cents kilomètres, ne savait qu'il était là, sauf peut-être la fille fantôme qu'il avait vue lors de l'accident. Qu'elle aille au diable, de toute façon, si elle existait... ce dont il doutait.

Andrew trébucha et s'affala de tout son long dans la neige. Il allait se relever, mais il se dit : *Oh, et puis, à quoi bon?* Et il se laissa retomber.

Mais oui, on l'appelait.

Etranger! Par ici, vite! Je peux vous montrer le chemin vers un refuge, mais c'est tout ce que je peux faire.

Il s'entendit répondre à la voix assourdie qui semblait être un écho dans son cerveau :

— Non, je suis trop fatigué. Je ne peux pas aller plus loin.

— Etranger! Ouvrez les yeux et regardez-moi!

Avec ressentiment, se protégeant les yeux de la neige et du vent glacial, Andrew Carr se souleva sur les mains et regarda. Il savait ce qu'il allait voir.

La fille, bien sûr.

Elle n'était pas vraiment là. Comment aurait-elle pu l'être, pieds nus, vêtue seulement de sa robe bleue légère qui ressemblait à une chemise de nuit déchirée?

— Pourquoi êtes-vous ici? demanda-t-il à voix haute. Etes-vous vraiment ici? Où êtes-vous?

Le vent arrachait les mots de ses lèvres et les

emportait au loin, si bien que la fille n'aurait pu les entendre à trois mètres de lui.

Elle répondit clairement, de sa voix grave qui semblait porter jusqu'à ses oreilles mais pas un pouce plus loin :

— Je ne sais pas où je suis. Si je le savais, je n'y serais plus, car ce n'est pas un endroit où je veux être. Ce qui compte, c'est que je sache où vous êtes, et où vous serez en sûreté. Suivez-moi vite ! Levez-vous donc ! Levez-vous !

Andrew se releva maladroitement, serrant son manteau contre lui. La fille se tenait, semblait-il, à deux mètres de lui, dans la tempête. Elle portait toujours la petite chemise de nuit, mais bien qu'Andrew pût voir ses pieds nus et ses épaules à travers les déchirures, elle n'avait pas l'air de sentir le froid.

Elle lui fit signe de suivre — on aurait dit que maintenant qu'elle avait toute son attention, elle ne faisait plus d'efforts pour se faire entendre — et se mit en marche dans la neige d'un pas léger. Andrew remarqua, avec une étrange impression d'irréalité, que les pieds de la jeune fille ne touchaient pas tout à fait le sol. *Ouais, ça s'explique, si ç'est un fantôme.*

Il marchait péniblement, tête baissée, suivant la silhouette de la jeune fille. Le vent s'engouffrait dans son manteau, le faisant voler et claquer derrière lui. Ses cheveux et sa barbe formaient de dures mèches glacées contre son visage. Maintenant que le sol était recouvert d'un tapis uniformément blanc, cachant creux et bosses, il trébuchait continuellement sur les racines et les trous invisibles. A deux ou trois reprises, il s'étala de tout son long, et chaque fois, il se remit sur ses pieds et reprit sa marche derrière l'ombre qui le guidait. Elle lui avait déjà sauvé la vie auparavant. Elle devait savoir ce qu'elle faisait.

Il lui sembla qu'il y avait des heures qu'il pataugeait

et trébuchait dans la neige — bien qu'il réalisât plus tard que cela n'avait probablement pas duré plus de trois quarts d'heure — quand il buta de tout son corps dans quelque chose qui ressemblait à un mur de brique. Il avança les mains devant lui, incrédule.

C'était un mur de brique. Du moins, cela en avait l'aspect. Andrew s'aperçut qu'il s'agissait d'une bâtisse, et en explorant le mur, il découvrit une porte de bois massif, polie par le temps. A travers un loquet grossièrement taillé dans le bois, on avait passé de solides courroies de cuir qui maintenaient la porte fermée. Le cuir était mouillé, et Andrew fut obligé de retirer ses gants pour le dénouer. Ses doigts étaient bleus de froid et tout écorchés quand le nœud céda.

La porte s'ouvrit avec un grincement, et Andrew pénétra dans la maison avec précaution. L'endroit était sombre, froid et désert, mais au moins, il était sec. Il y avait de la paille, et la faible lumière produite par le reflet de la neige à travers l'entrebâillement de la porte lui laissa entrevoir de vagues formes qui pouvaient être des jougs pour du bétail ou des meubles. Andrew n'avait aucun moyen de se faire de la lumière, mais le silence dans la pièce était tel, qu'il était sûr que ni les animaux qui avaient occupé l'étable ni leur gardien n'habitaient plus le refuge.

Une fois de plus, la fille l'avait sauvé. Il ferma la porte et se laissa tomber sur le sol, se creusa une niche confortable dans la paille, retira ses chaussures trempées, sècha ses mains engourdies par le froid sur la paille, et s'allongea pour dormir. Il regarda autour de lui pour essayer de trouver la silhouette fantomatique de la jeune fille qui l'avait guidé là, mais, comme il s'y attendait, elle avait disparu.

Il se réveilla, après plusieurs heures d'un profond sommeil, dans un monde déchaîné, au bruit des mugissements infernaux d'une tempête de neige et de glace qui battait la maison avec une violence effrayante. Cette fois, il se filtrait sous les volets suffisamment de lumière pour qu'il pût voir à l'intérieur de son refuge : il n'y avait rien, sauf l'épaisse couche de paille et les jougs. Il régnait une légère odeur de fumier, âcre, mais supportable.

Dans le coin le plus reculé se trouvait une masse sombre qui suscita sa curiosité. Il s'agissait d'un tas d'étoffes à la coupe étrange. Andrew s'appropria une espèce de couverture en tartan, effilochée et délavée, et s'en enveloppa. Sous le tas de vêtements, il découvrit un gros coffre muni d'un moraillon, qui n'était cependant pas fermé à clé. Le coffre s'avéra contenir de la nourriture — oubliée, peut-être, ou plus probablement emmagasinée par des bergers pour la saison suivante. Andrew y trouva une sorte de pain sec, en fait, plutôt des biscuits ou des galettes, enveloppé dans du papier huilé. Il en retira également quelque chose de coriace qu'il ne reconnut pas et prit pour de la viande séchée, dont ses dents et son palais ne purent venir à bout. Une espèce de pâte odorante qui lui rappelait le beurre de cacahuètes passa sans difficulté avec les biscuits qui consistaient en un mélange de fruits secs, de graines et de noix écrasés. Il apaisa sa faim, et après avoir fouillé la pièce, découvrit un robinet grossier au-dessus d'une bassine, apparemment à l'usage des bêtes. Il but et se passa de l'eau sur le visage. L'eau était beaucoup trop froide pour qu'il pût se laver méticuleusement, mais il se sentit déjà mieux. Ensuite, emmitouflé dans la couverture en tartan, il explora le refuge de fond en comble. A son soulagement, il fit la trouvaille de grossières latrines en terre à l'autre bout de la pièce. Il n'avait aucune envie de s'aventurer dans la tempête, même pour un instant, et l'idée de se soulager dans la pièce lui déplaisait, à cause du retour éventuel des propriétaires. Il lui vint à l'esprit que les commodités et les provisions avaient dû être prévues pour les cas où le blizzard empêcherait hommes et bêtes de sortir.

Ainsi, ce monde était non seulement habité, mais aussi civilisé, du moins d'une certaine façon. *Tout le confort de la maison,* pensa-t-il en retournant à son lit de paille. A présent, il ne lui restait plus qu'à attendre la fin de la tourmente.

Il était si fatigué, après ces journées de marche et d'escalade, et il avait si chaud dans l'épaisse couverture qu'il se rendormit sans difficulté. Quand il se réveilla, le jour avait baissé, et le bruit de la tempête commençait à diminuer. Il comprit, comme l'obscurité se faisait, qu'il avait dormi presque toute la journée.

Et ce n'est que le début de l'automne. Qu'est-ce que ça doit être en hiver? Cette planète est peut-être formidable pour les sports d'hiver, mais il n'y a rien d'autre à y faire. Je plains les gens qui vivent ici!

Il dîna frugalement de biscuits et de pâte de fruits — ce n'était pas mauvais, mais on s'en lassait vite — et comme il faisait trop froid et sombre pour faire autre chose, il se recoucha dans la paille et se blottit dans sa couverture.

Il avait dormi tout son soûl, et il n'avait plus froid, ni très faim. Il faisait trop sombre pour y voir, mais il n'y avait de toute façon pas grand-chose à voir. Son esprit se mit à vagabonder. *Dommage que je ne sois pas spécialiste en xénologie. Aucun Terrien n'a jamais été lâché sur cette planète.* Il savait qu'à l'aide des artefacts qu'il avait trouvés — et mangés — de compétents sociologues et anthropologues auraient pu analyser avec précision le niveau culturel de cette planète, ou du moins des gens qui habitaient cette région. Les solides murs de brique, les jougs de bois tenus par des chevilles, le robinet de bois dur au-dessus de la cuvette en pierre, les fenêtres sans vitres, couvertes seulement d'hermétiques volets de bois, tout cela en disait long sur la culture de la région : cela allait de pair avec la clôture qu'il avait longée dans la montagne et les latrines de terre, c'est-à-dire une société agricole de niveau assez bas. Et pourtant, il n'en était pas si sûr. Il se trouvait, après tout, dans une cabane de berger, un refuge pour les jours de mauvais temps, et aucune civilisation n'allait gaspiller de technologie sur de telles bâtisses. Et puis, il y avait cette espèce de prévoyance sophistiquée qui avait poussé ces gens à construire ce genre d'abri et à y entreposer des provisions de nourriture impérissable, et même à penser aux besoins de la nature, pour que l'on n'ait pas à sortir. La couverture avait été tissée avec art, ce qui était devenu bien rare à l'ère des tissus synthétiques ou à jeter après usage. Il réalisa alors que les habitants de cette planète étaient peut-être beaucoup plus civilisés qu'il n'avait pensé.

Il se retourna dans la paille et cligna des yeux... La fille était là de nouveau. Elle portait toujours la robe bleue déchirée, qui semblait luire d'un pâle éclat, comme de la glace, dans l'obscurité. Bien qu'il crût toujours qu'elle n'était qu'une illusion, il ne put s'empêcher de lui demander à voix haute :

— Vous n'avez pas froid ?

Il ne fait pas froid, là où je suis.

C'est complètement dingue, pensa Andrew.

— Alors, vous n'êtes pas ici ? demanda-t-il lentement.

Comment pourrais-je être là où vous êtes ? Si vous pensez que je suis là — non, ici —, essayez de me toucher.

Andrew tendit une main hésitante. Il aurait dû rencontrer son bras nu, mais il n'y avait rien de palpable.

— Je n'y comprends rien, dit-il obstinément. Vous êtes là, et vous n'êtes pas là. Je vous vois, et vous êtes un fantôme. Vous dites que vous vous appelez Callista, mais ça, c'est un nom de chez moi. Je crois toujours que je suis fou et que je me parle tout seul, mais j'aimerais bien savoir comment vous expliquez tout cela.

La fille fantôme eut un rire enfantin très doux.

— Je ne comprends pas non plus, dit-elle tranquillement. Comme je vous l'ai dit plus tôt, ce n'est pas vous que j'essayais d'atteindre mais ma parente et mes amis. Mais où que je cherche, je ne les trouve pas. C'est comme si leurs esprits avaient été effacés de ce monde. Pendant longtemps, j'ai erré dans des endroits sombres, jusqu'au moment où j'ai rencontré vos yeux. C'était comme si je vous connaissais, bien que je ne vous aie jamais vu auparavant. Et puis, quelque chose en vous me faisait revenir. Quelque part, ailleurs que dans ce monde, nous nous sommes touchés. Je ne suis rien pour vous, mais je vous avais mis en danger, alors j'ai essayé de vous sauver. Et je reviens parce que...

Il semblait qu'elle allait se mettre à pleurer.

— Je me sens très seule, et même la compagnie d'un étranger vaut mieux que pas de compagnie du tout. Voulez-vous que je m'en aille ?

— Non, répondit Andrew très vite. Restez avec moi, Callista. Mais je n'y comprends rien.

Elle resta une minute sans rien dire, comme si elle réfléchissait. *Mon Dieu*, pensa Andrew, *comme elle semble réelle.* Il la voyait respirer, il voyait le mouvement de sa poitrine sous le léger vêtement. L'un de ses pieds était sale ; non, c'était un bleu.

— Etes-vous blessée ? demanda-t-il.

— Pas vraiment. Vous m'avez demandé comment je pouvais être là avec vous. Je suppose que vous savez que nous vivons de plus d'une façon, et que le monde dans lequel vous vous trouvez maintenant est le monde solide, le monde des *choses,* des corps durs et des créations physiques. Mais dans le monde où je suis, nous laissons nos corps derrière nous, comme des vêtements trop petits ou la mue d'un serpent, et ce que nous appelons *endroit* n'a pas de réalité. Je suis habituée à ce monde, on m'a appris à m'y déplacer, mais à présent, on me garde dans une partie de ce monde qu'aucun des esprits de mon peuple ne peut toucher. Alors que j'errais dans cette plaine grise et vide, votre pensée a touché la mienne, et je vous ai vu nettement, comme des mains qui se serrent dans l'obscurité.

— Etes-vous dans l'obscurité ?

— Là où se trouve mon corps, oui. Mais dans le monde gris, je vous vois, comme vous me voyez. C'est ainsi que j'ai vu votre machine volante s'écraser et que j'ai su qu'elle allait tomber dans le ravin. Et j'ai vu que vous étiez perdu dans le blizzard et je savais que vous étiez près de cette hutte de berger. Je suis venue vous montrer où la nourriture est rangée si vous ne l'avez pas trouvée.

— Je l'ai trouvée, dit Andrew. Je ne sais pas quoi dire. Je pensais que vous étiez un rêve, et vous agissez comme si vous étiez réelle.

Le léger rire fusa de nouveau.

— Oh ! je vous assure, je suis aussi réelle et solide que vous-même. Et je donnerais beaucoup pour être avec vous dans cette cabane glaciale, car ce n'est qu'à quelques lieues de chez moi, et aussitôt que la tempête serait finie, je serais libre et je me retrouverais auprès de ma cheminée. Mais je...

Elle disparut au milieu de sa phrase. Etrangement, cela convainquit Andrew de sa réalité, plus que tout ce qu'elle avait pu dire. S'il l'avait imaginée, si c'était une hallucination, comme en font les hommes seuls qui ont froid et sont en danger, il l'aurait gardée là. Il lui aurait au moins laissé finir ce qu'elle disait. Le fait qu'elle ait disparu au milieu d'une phrase tendait à indiquer non seulement qu'elle avait été là, d'une manière intangible, mais aussi qu'une tierce personne régissait ses allées et venues.

Elle avait peur, et elle était triste. *Je me sens très seule, et la compagnie d'un étranger vaut mieux que pas de compagnie du tout.*

Seul et transi sur une planète inconnue, Andrew comprenait cela sans difficulté. C'était à peu près ce qu'il ressentait lui-même.

On ne peut pas dire que je me plaindrais de sa compagnie, si elle était vraiment là...

Pas très satisfaisant, un compagnon qu'on ne peut pas toucher. Et pourtant... bien qu'il ne pût la toucher, il y avait quelque chose d'étonnamment attirant en elle.

Il avait connu beaucoup de femmes, du moins au sens biblique. Connu leurs corps et un peu de leurs personnalités, et ce qu'elles attendaient de la vie. Mais il n'avait jamais été proche d'elles au point d'être triste quand le temps était venu de se séparer.

Il faut se rendre à l'évidence. Dès le moment où je l'ai vue dans le cristal, elle m'a paru assez réelle pour que je bouleverse toute ma vie, seulement dans l'espoir qu'elle serait plus qu'un rêve. Et maintenant, je sais qu'elle est réelle. Elle m'a sauvé la vie une, non, deux fois. Je n'aurais jamais survécu dans cette tempête de neige. Et elle a des ennuis. Ils la gardent dans le noir, et elle ne sait même pas où elle est.

Si je sors d'ici vivant, je la retrouverai, même si ça doit prendre le reste de ma vie. Allongé dans son manteau de fourrure et sa couverture, sur un tas de paille qui sentait le renfermé, seul dans un monde inconnu, Andrew réalisa soudain que depuis qu'il avait vu Callista dans le cristal et qu'il avait laissé tomber son travail pour rester, le changement était complet. Il avait trouvé son but, et il menait à cette jeune fille. *La sienne.* Sa femme, maintenant et pour le restant de ses jours. Callista.

Il était suffisamment cynique pour se railler. Il ne savait où il était, qui elle était, ni ce qu'elle était. Peut-être était-elle mariée, mère de six enfants — enfin, pas vraiment, elle était trop jeune. C'était peut-être une horrible mégère. Tout ce qu'il savait d'elle, c'était...

Tout ce qu'il savait d'elle, c'était qu'elle avait touché son esprit, qu'elle était plus proche de lui que quiconque auparavant. Il savait qu'elle était seule et malheureuse, qu'elle avait peur, qu'elle n'arrivait pas à joindre sa famille et qu'elle avait besoin de lui. Cela lui suffisait : elle avait besoin de lui. Il était le seul à qui elle pouvait se raccrocher, et si elle voulait sa vie, il la lui donnerait. Il la chercherait — il ne savait comment —, l'enlèverait à ceux qui la maintenaient dans le noir et lui faisaient peur. (*C'est ça*, railla-t-il, *tout à fait le héros, tuant des dragons pour sa dame*, mais il cessa durement ses railleries.) Et ensuite, quand elle serait libre et heureuse...

Ensuite, eh bien, on verra, se dit-il fermement. *Chaque chose en son temps*. Et il se rendormit.

La tempête dura cinq jours. Il avait du mal à évaluer le temps, car son chronomètre avait été détruit lors de l'accident. Vers le troisième jour, à son réveil, il aperçut la forme de la jeune fille, endormie à son côté. Désorienté, ému par sa présence, il voulut la prendre dans ses bras. Mais il ne saisit que le vide. A ce moment-là, comme si l'intensité de sa déception avait troublé le visage endormi, les grands yeux s'ouvrirent. Elle le regarda avec étonnement et un léger désarroi.

— Je suis désolée, murmura-t-elle. Vous — vous m'avez surprise.

Andrew secoua la tête, tâchant de s'orienter quelque peu.

— C'est moi qui dois m'excuser, dit-il. J'imagine que je me croyais en train de rêver et que ça n'avait pas d'importance. Je n'avais pas l'intention de vous offenser.

— Vous ne m'avez pas offensée, répondit-elle simplement, en le regardant droit dans les yeux. Si j'étais à côté de vous ainsi, vous seriez en droit d'espérer... je veux dire... je suis désolée d'avoir sans m'en rendre compte éveillé un désir auquel je ne peux répondre. Je ne l'ai pas fait exprès. J'ai dû penser à vous pendant que je dormais, étranger... je ne peux pas continuer à vous appeler *étranger*, ajouta-t-elle, une lueur d'amusement dans les yeux.

— Je m'appelle Andrew Carr, dit-il — et il l'entendit qui répétait doucement son nom.

— Andrew. Je suis désolée, Andrew. J'ai dû penser à vous en dormant et je suis arrivée à vous sans m'éveiller.

Posément, elle ramena son vêtement sur ses seins nus et arrangea les plis diaphanes sur ses jambes. Elle sourit. A présent, il y avait de la malice sur son visage.

— Ah, quelle tristesse ! La première fois, la toute première fois que je dors auprès d'un homme, et je ne peux même pas en profiter ! Mais je suis vilaine de vous taquiner. Surtout n'allez pas croire que je sois aussi mal éduquée que ça.

Profondément touché, autant par la courageuse plaisanterie que par le reste, Andrew répondit doucement :

— Je ne pourrais penser que du bien de vous, Callista. Je voudrais seulement...

A sa surprise, il sentit sa voix se briser.

— Je voudrais pouvoir vous aider vraiment.

Elle tendit la main — presque comme si elle aussi avait oublié qu'il n'était pas physiquement près d'elle — et la posa sur le poignet d'Andrew. Le poignet se voyait sous l'apparence délicate de ses doigts, mais l'illusion était néanmoins très douce.

— Je suppose que c'est déjà quelque chose, de pouvoir offrir de l'amitié et...

Sa voix trembla. Elle pleurait.

— ... et un sentiment de présence humaine à quelqu'un qui est seul dans le noir.

Il la regarda pleurer, bouleversé par ses larmes.

— Où êtes-vous ? demanda-t-il quand elle fut un peu apaisée. Est-ce que je peux faire quelque chose pour vous aider ?

Elle secoua la tête.

— Comme je vous l'ai dit, ils me gardent dans le noir, puisque si je savais où je me trouve, je pourrais être ailleurs. Comme je ne le sais pas précisément, je ne peux quitter cet endroit qu'en esprit. Mon corps doit forcément rester là où ils l'ont mis, et je suis sûre qu'ils le savent. *Qu'ils soient maudits !*

— Qui cela, *ils*, Callista ?

— Je ne le sais pas vraiment non plus, dit-elle. Mais je ne pense pas que ce soient des hommes, car ils ne m'ont pas fait de mal, sauf quelques coups. C'est la seule chose pour laquelle une femme des Domaines puisse être reconnaissante quand elle est entre les mains des autres créatures — au moins, avec elles, elle n'a pas besoin de craindre d'être violée. Les premiers temps, j'ai passé nuit et jour dans la terreur du viol. Mais cela n'étant pas arrivé, j'ai compris que je n'étais pas prisonnière d'êtres humains. N'importe quel homme de ces montagnes saurait comment me rendre impuissante à lui résister... Tandis que les autres créatures n'ont d'autre ressource que de me prendre tous mes bijoux, au cas où l'un d'eux serait une pierre-étoile, et de me garder dans le noir pour que je ne puisse pas leur faire de mal avec la lumière du soleil ou des étoiles.

Andrew n'y comprenait rien. Elle n'était pas aux mains des humains ? Alors, qui étaient les ravisseurs ?

— Si vous êtes dans l'obscurité, comment pouvez-vous me voir ? interrogea-t-il.

— Je vous vois dans la lumière d'en haut, répondit-elle posément, sans réaliser qu'elle ne lui apprenait rien du tout. Comme vous me voyez. Ce n'est pas la lumière de ce monde — voyons... Vous savez, je suppose, que les choses que nous appelons solides ne le sont qu'en apparence, que ce sont de minuscules particules d'énergie qui se tiennent et tournent dans tous les sens, avec bien plus d'espaces vides que de matière solide.

— Oui, je le sais.

C'était une curieuse façon d'expliquer l'énergie moléculaire et atomique, mais cela avait du sens.

— Bien. Attachés à votre corps solide par ces réseaux d'énergie, se trouvent d'autres corps, à d'autres niveaux, et si on apprend, on peut se servir de chacun d'eux dans le niveau qui lui est propre. Comment dire ? Au niveau solide où vous êtes. Votre corps solide marche sur ce monde, sur cette planète solide de notre soleil. Tout ceci est actionné par votre esprit, qui agit sur votre cerveau solide, et le cerveau solide envoie des messages qui font bouger vos bras, vos jambes, et ainsi de suite. Votre esprit met aussi en action vos autres corps plus légers, chacun avec son propre réseau nerveux d'énergie. Dans le monde de la surlumière, où nous nous trouvons maintenant, l'obscurité n'existe pas, parce que la lumière ne vient pas d'un soleil solide. Elle vient du réseau d'énergie du soleil, qui peut briller — comment dire ? — à travers le réseau d'énergie de la planète. Le corps solide de la planète peut obstruer la lumière du soleil solide, mais pas celle du réseau d'énergie. Est-ce clair ?

— Je pense que oui, répondit Andrew lentement, essayant de s'y retrouver.

Cela ressemblait un peu à la vieille histoire des corps

et des plans astraux, dans le langage de la jeune fille, qui atteignait sans doute directement son esprit.

— L'important, dit-il, c'est que vous puissiez venir ici. Il m'est arrivé parfois de vouloir sortir de mon corps et de m'en éloigner.

— Oh! mais vous le faites. Absolument. Tout le monde le fait en dormant, quand les réseaux d'énergie se désagrègent. Mais on ne vous a pas appris à le faire à volonté. Un jour, peut-être, je vous montrerai comment vous y prendre.

Elle eut un petit rire sans joie.

— Si nous vivons tous deux, cela va sans dire. Si nous vivons.

4

Autour d'Armida, le blizzard faisait rage, hurlant et gémissant, comme animé d'une fureur personnelle contre les murailles qui le tenaient en échec. Dans la grande salle, agitée et éperdue, Ellemir marchait de long en large en jetant des coups d'œil inquiets au-dehors.

— Nous ne pouvons même pas entreprendre de recherches par ce temps ! Et chaque minute qui passe l'éloigne peut-être de nous !

Elle se tourna vers Damon avec fureur.

— Comment peux-tu rester calmement assis, à te rôtir les pieds, alors que Callista est quelque part dans cette tempête ?

Damon leva la tête.

— Viens t'asseoir, Ellemir, répondit-il patiemment. Où qu'elle soit, nous pouvons être à peu près sûrs qu'elle ne se trouve pas dans la tourmente. Ses ravisseurs ne se sont pas donné le mal de l'enlever pour la laisser mourir de froid dans les collines. Quant à la chercher, même si le temps était meilleur, nous ne pourrions pas aller sillonner les Kilghards à cheval en criant son nom dans la forêt.

Il s'était exprimé sans la moindre note de moquerie, mais Ellemir se retourna vers lui avec colère.

— Est-ce que tu veux dire que nous ne pouvons rien faire, que nous sommes sans recours, que nous devons l'abandonner à son sort ?

— Certainement pas, répondit Damon. Tu m'as bien entendu. Je dis que nous ne pourrions pas aller la chercher à l'aveuglette dans ces collines, même si le temps le permettait. Si elle se cachait dans un lieu ordinaire, tu pourrais atteindre son esprit. Puisque nous sommes bloqués par la tempête, profitons-en pour commencer les recherches d'une façon rationnelle. Le mieux à faire, c'est de nous asseoir et d'y réfléchir. Viens donc t'asseoir, Ellemir, supplia-t-il. Tu ne rendras pas service à Callista en faisant les cent pas et en te mettant à bout de nerfs. Tu n'en seras que moins prête à l'aider au moment voulu. Tu n'as pas mangé. Tu as même l'air de ne pas avoir dormi. Viens, cousine.

Il se leva pour lui offrir un siège. Elle le regarda avec détresse.

— Ne sois pas si gentil, Damon, dit-elle, les lèvres tremblantes, sinon je vais craquer.

— Ça te ferait du bien, dit-il en lui versant un verre de vin.

Elle le but lentement, pendant que Damon se réchauffait près de la cheminée en la regardant.

— J'ai pensé à quelque chose, dit-il. Tu m'as dit que Callista s'était plainte de cauchemars — de jardins abandonnés, de chattes-démones ?

— En effet.

— Je suis venu de Serré avec un groupe de gardes, et Reidel — un garde de ma compagnie — m'a parlé d'un malheur survenu à son oncle. Il paraît qu'il s'était mis à divaguer — écoute bien — au sujet de la contrée des ténèbres, et de grands feux et de vents qui semaient la mort, et de femmes qui lui déchiraient l'âme comme des chattes-démones. Venant d'un autre que Reidel, j'aurais traité cette histoire de sornette. Mais je connaissais Reidel depuis très longtemps. Ce n'était pas le genre à raconter des histoires, et de toute façon, il n'avait pas plus d'imagination qu'une de ses sacoches. Enfin, le pauvre vieux est mort. Mais il me racontait ce qu'il avait vu et entendu, et je crois que c'est plus qu'une coïncidence. Et je t'ai parlé de l'embuscade, où nous avons été attaqués par des assaillants invisibles. Cela déjà semblerait indiquer qu'il se passe quelque chose de très bizarre dans la contrée des ténèbres. Comme il est peu probable qu'il se passe deux événements bizarres dans ce coin, je pense que nous pouvons d'abord supposer que ce qui est arrivé à mon garde est lié à l'enlèvement de Callista.

— C'est possible, répondit Ellemir. Cela me fait penser à autre chose. Ce ne peut être un humain qui a arraché les yeux de Bethiah.

Elle frissonna et ramena ses bras autour de ses épaules, comme si elle avait froid.

— Damon! Crois-tu vraiment que Callista soit aux mains des hommes-chats?

— Ce n'est pas impossible.

— Mais que lui veulent-ils? Que vont-ils lui faire? Qu'est-ce que...

— Comment veux-tu que je sache, Ellemir? Ce n'est qu'une supposition. Les seuls hommes-chats que j'aie jamais vus étaient des cadavres sur le champ de bataille. Certains croient qu'ils sont aussi intelligents que les humains, et d'autres croient qu'ils sont à peine évolués. Je pense que personne depuis le temps de Varzil le Bon ne les connaît vraiment.

— Non, il y a quelque chose que nous savons, dit Ellemir gravement. C'est qu'ils se battent comme des hommes, et parfois même plus férocement.

— Pour ça, oui, dit Damon.

Il pensait à son escorte, massacrée sur la colline en dessous d'Armida. Et tout ça, pourquoi ? Pour qu'il puisse s'asseoir près du feu à côté d'Ellemir. Il savait qu'il n'aurait rien pu faire pour les sauver, et que mourir avec eux n'aurait avancé personne, mais le remords le torturait quand même sans relâche.

— Quand la tempête sera finie, il faudra que je trouve moyen d'aller les enterrer, dit-il. S'il en reste assez à enterrer, ajouta-t-il au bout d'un moment.

Ellemir cita un proverbe connu de la montagne.

— « Le mort qui est au ciel a trop de bonheur pour s'affliger des offenses faites à sa dépouille. Le mort en enfer a trop d'autres afflictions pour s'en soucier. »

— Quand même, s'obstina Damon, par égard pour leurs familles, je devrais faire mon possible.

— C'est le sort de Callista qui m'inquiète, pour le moment. Damon ! Penses-tu vraiment que Callista soit prisonnière des hommes-chats ? Que lui voudraient-ils donc ?

— Quant à cela, mon petit, je n'en sais pas plus que toi. Il est seulement possible — et nous devons en accepter la possibilité — qu'ils l'aient enlevée pour une raison inexplicable, que seuls des non-humains peuvent comprendre.

— C'est absurde, protesta Ellemir avec colère. On dirait une des histoires d'horreur qu'on me racontait quand j'étais petite. Un tel avait été enlevé par des monstres, et quand je demandais pourquoi ils avaient fait cela, la bonne me disait que c'était parce que les monstres sont méchants...

Elle s'arrêta, puis reprit d'une voix saccadée.

— C'est *réel*, Damon ! C'est ma sœur ! Ne me raconte pas de contes de fées !

Damon la regarda droit dans les yeux.

— Je n'en ai aucunement l'intention. Je te l'ai déjà dit : personne ne connaît *vraiment* les hommes-chats.

— Sauf qu'ils sont mauvais !

— Qu'est-ce que le mal ? demanda Damon avec lassitude. Dis qu'ils ont fait du mal aux tiens, et je serai on ne peut plus d'accord. Mais quand tu dis qu'ils sont foncièrement mauvais, sans aucune raison et seulement pour le plaisir de faire le mal, alors tu en fais des monstres de contes de fées semblables à ceux dont tu parlais. Tout ce que j'ai dit, c'est que, parce que nous sommes humains et que ce sont des hommes-chats, nous devons accepter l'idée de ne jamais comprendre, maintenant ou jamais, ce qui les a poussés à enlever Callista. Il ne faut pas oublier que nous sommes humains, et que les raisons que nous pourrions leur attribuer ne reflètent probablement qu'une part de la vérité. A part ça, cependant, pourquoi enlève-t-on des femmes, et pourquoi justemement Callista ? Ou bien, pendant que nous y sommes, pourquoi les animaux volent-ils ? Je n'ai jamais entendu dire qu'ils étaient cannibales, et de toute façon, les forêts sont remplies de gibier en cette saison, alors ce n'est sans doute pas ça.

— Est-ce que tu veux me faire peur avec toutes ces horreurs ? demanda Ellemir, toujours en colère.

— Pas du tout. J'essaie *au contraire* de te rassurer. Nous pouvons être sûrs qu'elle n'a pas été tuée et mangée. S'ils ont tué les gardes, et sa nourrice, c'est qu'ils ne voulaient pas *n'importe quel être humain,* ni n'importe quelle femme. Alors ils l'ont enlevée, non pas parce qu'elle était humaine, ni parce que c'était une femme, mais parce que c'était Callista.

— Les voleurs et les bandits de grand chemin, dit Ellemir d'une voix assourdie, enlèvent quelquefois des jeunes femmes pour en faire leurs esclaves ou leurs concubines, ou pour les vendre aux Villes Sèches.

— Je crois que nous pouvons écarter cette idée aussi, dit Damon fermement. Ils n'ont pris aucune de tes servantes. Et puis, qu'est-ce que les hommes-chats voudraient faire d'une femme ? Il y a eu des histoires de croisements entre humains et *chieri,* il y a longtemps, mais ce sont généralement des légendes, et pas un être vivant ne pourrait dire si elles sont fondées ou non. Quant aux autres espèces, nos femmes ne représentent rien pour eux, pas plus que les leurs pour nous. Bien sûr, il se pourrait qu'ils aient un prisonnier humain qui veuille une femme, mais même s'ils étaient assez altruistes et gentils pour bien vouloir lui en procurer une, ce que j'ai du mal à croire, il y a une douzaine de servantes dans les communs, aussi jeunes que Callista, tout aussi belles, et infiniment plus accessibles. S'ils avaient simplement voulu des femmes en otage ou pour les vendre comme esclaves, ils les auraient prises aussi. Ou alors, ils n'auraient pris qu'elles, et pas Callista.

— Ou moi. Pourquoi prendre Callista dans son lit et me laisser dans le mien ?

— Ça aussi. Vous êtes jumelles, toi et Callista. *Moi,* je peux vous distinguer l'une de l'autre, mais je vous ai connues à l'époque où vos cheveux étaient encore trop courts pour être tressés. Le premier venu n'aurait jamais pu voir de différence entre vous deux, et vous aurait facilement confondues. Par ailleurs, j'ai peine à croire qu'ils aient tout simplement voulu un otage, pour en exiger une rançon, et qu'ils aient pris la première qui leur tombait sous la main.

— Non, dit Ellemir. Mon lit est le plus près de la porte, et ils en ont soigneusement fait le tour pour parvenir jusqu'à elle.

— Alors, nous en arrivons à la seule différence entre vous deux. Callista est télépathe, et en plus, elle est gardienne. Tu ne l'es pas. Nous pouvons supposer que d'une façon ou d'une autre, ils savaient laquelle de vous deux était la télépathe, et qu'ils voulaient se saisir de celle-là en particulier. Pourquoi ? Je ne le sais pas plus que toi, mais je suis sûr que c'est là leur raison.

— Et cela ne nous rapproche toujours pas de la solution ! s'exclama Ellemir, hors d'elle. Le fait qu'elle a disparu, et que nous ne savons pas où elle est. Tes propos ne servent à rien.

— Non ? Réfléchis. Nous savons qu'elle n'a pas été tuée, sauf peut-être par accident. S'ils se sont donné tant de mal pour l'enlever, ils vont sûrement en prendre grand soin. Elle a peut-être peur, mais elle ne souffre sans doute pas du froid, ni de la faim, et il est peu vraisemblable qu'on l'ait battue ou molestée. Et aussi, on ne l'a probablement pas violée. Cela, déjà, devrait te rassurer.

Ellemir but quelques gorgées de vin.

— Mais cela ne nous aide pas à la retrouver, ou même à savoir où chercher.

Malgré tout, au grand plaisir de Damon, elle semblait plus calme.

— Une chose à la fois, enfant. Peut-être, après la tempête...

— Après la tempête, les traces qu'ils auront pu faire seront complètement effacées.

— D'après ce qu'on m'a dit, les hommes-chats ne laissent pas de traces que les humains puissent déchiffrer. De toute façon, je ne suis pas bon pisteur. Si je peux t'aider, ce ne sera pas de cette manière.

Les yeux d'Ellemir s'agrandirent, et soudainement, elle lui saisit le bras.

— Damon ! Tu es télépathe, toi aussi, et tu as été formé à la tour !... Peux-tu trouver Callista de cette façon ?

Elle avait l'air tellement excitée, tellement heureuse et ranimée, que Damon était accablé à l'idée de détruire son enthousiasme. Mais il le devait.

— Ce n'est pas si facile, Ellemir. Si toi, sa jumelle, ne peux pas atteindre son esprit, c'est qu'il y a une raison.

— Mais je n'ai aucune formation, j'en sais si peu, dit-elle avec espoir. Et tu as été formé à la tour...

— C'est vrai, soupira Damon. Et je vais essayer. C'était d'ailleurs mon intention. Mais n'espère pas trop, *breda*.

— *Maintenant ?* supplia-t-elle.

— Je vais faire ce que je peux. D'abord, apporte-moi un objet qui appartient à Callista. Un bijou, un vêtement qu'elle porte souvent, quelque chose de ce genre.

Pendant qu'Ellemir allait chercher l'objet, Damon sortit la pierre-étoile de son enveloppe de soie et la contempla en méditant. Télépathe, et formé à la tour aux antiques sciences télépathiques de Ténébreuse — oui, il l'avait été pendant quelque temps. Et le don héréditaire, le *laran*, ou faculté télépathique, de la famille Ridenow, était l'aptitude à détecter la présence de forces extra-humaines. Ce don avait été engendré dans le patrimoine génétique du clan Ridenow, précisément pour ce genre de travail, bien des siècles auparavant. Mais plus récemment, la vieille science non causale de Ténébreuse était tombée en désuétude. A cause d'un excès de mariages consanguins, les anciens dons du *laran* se reproduisaient rarement à leur état pur. Damon avait hérité du don de son clan dans toute son intégrité, mais de tout temps, l'avait considéré comme une malédiction plutôt que comme une bénédiction, et à présent, il répugnait à l'utiliser.

De même qu'il avait répugné à s'en servir — il se l'avouait franchement — pour sauver les membres de son escorte. Il avait senti le danger. Le voyage, qui aurait dû être paisible, routinier, était devenu un cauchemar. Pourtant, il n'avait pas eu le courage de se servir de la pierre-étoile qu'il avait reçue lors de son initiation, et qui était si étroitement en harmonie avec les réseaux télépathiques de son esprit que personne d'autre que lui ne pouvait l'utiliser, ni même la toucher.

Parce qu'il en avait peur... Il en avait toujours eu peur...

L'espace d'un instant, le temps sembla basculer, le ramenant quinze ans en arrière. Et un jeune Damon se tenait, la tête inclinée, devant la gardienne d'Arilinn, Leonie, qui maintenant prenait de l'âge et dont Callista devait justement prendre la place. Elle n'était déjà plus très jeune alors, Leonie, et loin d'être belle, avec ses cheveux roux qui perdaient de leur éclat, et sa silhouette amaigrie. Mais ses yeux gris étaient remplis de douceur et de compassion.

— Non, Damon. Ce n'est pas que tu aies échoué ou que je sois mécontente de toi. Et nous tous, moi la première, t'aimons et t'apprécions. Mais tu es trop sensible, tu ne sais pas barricader tes pensées. Si tu avais été une femme, dans un corps de femme...

Elle avait alors posé légèrement la main sur son épaule.

— ... tu serais devenu gardienne, peut-être l'une des meilleures. Mais tu es un homme (elle haussa les épaules imperceptiblement), et cela te ferait du mal, te déchirerait. Peut-être qu'une fois éloigné de la tour, tu arriveras à t'entourer d'autres choses, à devenir moins sensible, moins...

Elle hésita, cherchant le mot exact.

— ... moins vulnérable. C'est pour ton bien que je te renvoie, Damon. Pour ta santé, pour ton bonheur, peut-être même pour ton équilibre.

Doucement, comme dans un soupir, ses lèvres effleurèrent le front de Damon.

— Tu sais que je t'aime. C'est pour cela que je ne veux pas que tu souffres. Va, Damon.

La décision de Leonie était sans appel, et Damon était parti, maudissant sa vulnérabilité et son don.

Il était entré au conseil Comyn, et bien qu'il ne fût ni soldat ni homme d'épée, il avait à son tour commandé la garde : il avait constamment besoin de se prouver qu'il n'était pas un incapable. Il ne s'avoua jamais à quel point cette heure passée avec Leonie l'avait tourmenté dans sa virilité. Il s'était tenu à l'écart avec horreur et panique de tout travail avec la pierre-étoile, qu'il portait toujours, car elle faisait maintenant partie de lui-même. Et maintenant, il fallait qu'il s'en serve, et son esprit, ses nerfs, tous ses sens protestaient avec révolte.

Il revint brusquement à la réalité quand il entendit Ellemir lui adresser timidement la parole.

— Damon, tu dors ?

Il secoua la tête pour chasser tous les fantômes de son échec passé et de sa peur.

— Non, non. Je me préparais. Qu'est-ce que tu m'as apporté ?

Elle ouvrit la main. Elle tenait un filigrane d'argent en forme de papillon, délicatement étoilé de gemmes multicolores.

— Callista le porte toujours dans ses cheveux, dit-elle — et effectivement, quelques longs cheveux soyeux étaient encore accrochés au fermoir.

— Tu es sûre que c'est à elle ? Je suppose que, comme toutes les sœurs, vous vous prêtez vos affaires — ma propre sœur se plaignait souvent de cela.

Ellemir tourna la tête pour lui montrer la boucle en forme de papillon sur sa nuque.

— Père fait toujours façonner les bijoux de Callista en argent et les miens en plaqué or, pour que nous puissions les distinguer. Il a fait faire ceux-là pour nous à Carthon, il y a des années, et depuis, elle porte le sien dans ses cheveux tous les jours. Elle n'aime pas particulièrement les bijoux, alors elle m'a donné le bracelet assorti, mais elle porte toujours la boucle.

C'était détaillé et convaincant. Damon prit la boucle entre ses doigts et ferma les yeux pour la sentir.

— Oui, c'est à Callista, dit-il au bout d'un moment.

— Comment le reconnais-tu ?

Damon haussa les épaules.

— Donne-moi le tien, dit-il.

Ellemir détacha la boucle de ses cheveux en se tournant pudiquement, si bien qu'il ne fit qu'entrevoir sa nuque découverte. Il était tellement sensible à la présence de la jeune fille que cette vision fugace provoqua en lui un profond transport d'émotion sensuelle. Mais le moment était mal choisi, et il repoussa fermement sa pensée vers un niveau plus reculé de sa conscience. Il prit le bijou dans la main et y sentit l'empreinte vivante d'Ellemir. Il respira profondément et refoula de nouveau la sensation.

— Ferme les yeux, ordonna-t-il.

Comme une enfant, elle serra les paupières.

— Etends les mains...

Damon posa un bijou dans chacune de ses petites mains blanches.

— A présent, si tu n'es pas capable de me dire lequel est le tien, tu n'es pas une enfant du domaine Alton.

— On a mesuré mon *laran* quand j'étais petite, protesta Ellemir, et on m'a dit que, comparée à Callista, je n'en avais presque pas...

— Ne te compare jamais à personne, dit Damon, subitement en colère. Concentre-toi, Ellemir.

— Celui-ci est à moi... j'en suis sûre, dit Ellemir avec une note de surprise dans la voix.

— Regarde, maintenant.

Elle ouvrit ses yeux bleus et contempla avec étonnement le papillon doré qu'elle tenait dans la main.

— Mais oui ! L'autre était différent, et celui-ci... Comment ai-je fait cela ?

— Celui-ci, le tien, porte la marque de ta personna-

L'épée enchantée. 3.

lité, tes vibrations, répondit Damon. Cela aurait été encore plus facile si Callista et toi n'étiez pas jumelles, car les jumelles ont des vibrations très semblables. C'est pour cela que je voulais être tout à fait sûr que tu n'avais jamais porté le sien. Evidemment, comme Callista est gardienne, son empreinte est plus nette.

Il se tut, sentant la colère revenir. Ellemir avait toujours vécu dans l'ombre de sa jumelle. Elle était trop bonne et douce pour en être froissée. Pourquoi fallait-il qu'elle fût si humble ?

Il essaya de se calmer.

— Je crois que tu as plus de *laran* que tu ne le penses, bien qu'il soit vrai que, chez des jumelles, il semble que l'une hérite toujours plus que sa part du don que l'autre. C'est pourquoi les meilleures gardiennes sont souvent des jumelles, parce qu'elles possèdent une part des facultés télépathiques de leurs sœurs en plus de la leur.

Il prit la pierre-étoile dans la coupe formée par ses mains. Le cristal lui renvoya des éclats d'un bleu énigmatique semblables à des rubans de feu s'enroulant en son milieu. *Des feux qui allaient réduire son âme en cendres...* Damon serra les dents pour maîtriser son angoisse.

— Je vais avoir besoin de ton aide, dit-il rudement.

— Mais comment ? Je ne sais rien faire.

— Tu n'as jamais surveillé Callista quand elle *sortait ?*

Ellemir fit non de la tête.

— Elle ne me parle jamais de sa formation ni de son travail. Elle dit que c'est difficile et qu'elle préfère ne pas y penser quand elle est ici.

— Dommage, dit Damon.

Il s'installa confortablement dans sa chaise.

— Très bien, dit-il. Je vais te dire ce qu'il faut faire. Ce serait mieux si tu avais de l'expérience, mais tu en as suffisamment pour faire ce que je vais te demander. Mets tes mains sur mes poignets, de façon que je puisse toujours voir la pierre, mais — oui, comme ça, sur le pouls. A présent...

Il tenta un léger contact télépathique. Elle tressaillit, et il sourit.

— Voilà, tu as senti le contact. Maintenant, tout ce qu'il te reste à faire, c'est de veiller sur mon corps pendant que j'en serai sorti et que je chercherai Callista. Au début, tu verras que je serai un peu froid, et que mon pouls va ralentir quelque peu. C'est normal, ne t'affole pas. Mais si on nous interrompt, ne laisse personne me toucher. Et surtout, que personne ne me déplace. Si mon pouls s'accélère, si les veines de mes tempes enflent, ou si mon corps devient très froid ou très chaud, alors réveille-moi.

— Comment ?

— Appelle-moi par mon nom, et mets-y toute ton énergie. Tu n'as pas besoin de le prononcer tout haut, projette seulement tes pensées sur moi, en disant mon nom. Si tu n'y arrives pas, ou si mon état empire — par exemple, si j'ai du mal à respirer — réveille-moi *immédiatement*. Il ne faut pas hésiter. En désespoir de cause, mais seulement si tu ne peux faire autrement, touche la pierre.

Il ne put réprimer une grimace.

— Vraiment en dernier ressort, cependant. C'est douloureux et ça pourrait me mettre en état de choc.

Les mains d'Ellemir tremblèrent. Sa peur et son hésitation obcurcissaient légèrement les pensées de Damon. *Pauvre enfant,* se dit-il. *Je ne devrais pas avoir à lui faire cela. Quelle poisse! Il fallait bien que Callista s'attire des ennuis...*

Il s'efforça d'être objectif et essaya d'apaiser son cœur qui battait la chamade. Ce n'était pas la faute de

Callista. Il devrait réserver ses malédictions pour les ravisseurs.

— Ne sois pas fâché, Damon, dit Ellemir timidement.

Elle a senti que j'étais en colère. C'est bon signe.

— Je ne suis pas fâché contre toi, *breda*.

Il avait utilisé le mot qui pouvait signifier *parente* ou, plus intimement, *bien-aimée*. Il s'installa confortablement, pour être plus sensible au bijou de Callista qu'il tenait entre ses mains, à sa pierre-étoile qui palpitait doucement au rythme de son propre courant nerveux. Il effaça toute autre sensation : le contact des mains froides d'Ellemir sur ses poignets, sa respiration tiède qu'il sentait sur son cou, son subtil parfum naturel de femme. Tout se voila, le crépitement du feu et le vacillement de la flamme de la bougie, les ombres dansantes de la pièce. Il laissa sombrer son regard dans les pulsations bleutées de la pierre-étoile. Il perçut, plus qu'il ne sentit physiquement, ses muscles se détendre, son corps devenir insensible. Pendant un moment, rien n'exista plus que l'immensité de la pierre. Puis son cœur s'arrêta, ou du moins, Damon n'eut plus conscience de rien, que du bleu qui se répandait : un éclat éblouissant, un océan qui allait le noyer...

Un choc bref, un picotement, et il était hors de son corps, au-dessus de lui-même. Il abaissa les yeux, avec une sorte de détachement ironique, sur le corps mince, affaissé sur la chaise, et sur la frêle jeune fille apeurée qui, agenouillée à son côté, lui étreignait les poignets. Il ne voyait pas vraiment, il percevait plutôt tout cela à travers ses paupières closes.

Il jeta un coup d'œil sur la lumière qui se formait autour de lui. Le corps sur la chaise portait un pourpoint élimé et des hauts-de-chausses en cuir, mais comme toujours quand il *sortait*, il se sentit plus grand et plus fort, plus musclé, et se déplaça aisément tandis que les murs de la grande salle s'estompaient et disparaissaient. Et son corps, si on pouvait l'appeler ainsi, était vêtu d'une tunique chatoyante or et vert qui scintillait d'un léger éclat de feu.

— C'est ainsi que ton esprit se voit, lui avait dit une fois Leonie.

Il avait les bras et les pieds nus, et cela le fit sourire. *Sortir dans le blizzard dans cette tenue ?* Mais bien sûr, le blizzard n'était pas *là,* pas du tout. Pourtant, s'il écoutait attentivement, il entendait les mugissements lointains du vent, et il se dit que la tempête devait être particulièrement violente pour que son écho arrive jusqu'au surmonde. En formulant cette pensée, il se sentit frissonner, et rapidement bannit le blizzard de son esprit, car, en en prenant trop conscience, il pourrait le concrétiser et l'amener dans ce niveau.

Il se déplaça, comme en flottant. Il sentait bien le papillon de Callista palpiter comme une créature vivante, chargé de sa « voix » mentale ; ou plutôt, puisque le bijou lui-même se trouvait entre les mains de son corps, de l'homologue mental qu'il portait dans le surmonde. Il tenta d'être plus réceptif aux intonations particulières de cette « voix » et appela Callista d'un ton pressant.

Mais il n'obtint pas de réponse, ce qui ne le surprit guère. Si cela avait été aussi facile, Ellemir aurait déjà pu contacter sa jumelle. Un silence de mort régnait. Damon regarda autour de lui, conscient qu'il voyait le surmonde comme un « monde » parce que c'était plus pratique de le voir et de le sentir ainsi, que comme un domaine mental immatériel ; qu'il se représentait comme ayant un corps, arpentant une immense plaine déserte, parce que c'était moins déconcertant que de se voir comme un morceau de pensée incorporel à la dérive au milieu d'autres pensées. En ce moment, ce monde donnait l'impression d'une immense surface plane, s'étendant, vague, dépouillée et silencieuse jusqu'à des espaces infinis. Au loin, des ombres se déplaçaient, et curieux de savoir ce que c'était, il se transporta rapidement dans leur direction.

Comme il s'en rapprochait, elles devinrent plus distinctes : c'étaient des formes humaines, étrangement grises et floues. Il savait que s'il leur adressait la parole, elles disparaîtraient immédiatement — à condition qu'elles n'aient rien à voir avec lui ou ses recherches — ou bien elles se préciseraient subitement. Le surmonde n'était jamais vide : il y avait toujours quelques esprits dans les plans astraux — pour une raison ou une autre, même si ce n'étaient que des gens endormis, sortis de leurs corps, dont les esprits croisaient le sien dans le domaine informe de la pensée. Il vit quelques visages imprécis, comme des reflets dans l'eau, de personnes qu'il reconnaissait vaguement. Il savait que c'étaient des parents et des connaissances à lui qui dormaient ou méditaient profondément, et qu'il se trouvait dans leurs pensées ; que certains d'entre eux se réveilleraient en se rappelant l'avoir vu en rêve. Il les dépassa sans essayer de leur parler : aucun d'eux ne pouvait l'aider.

Très loin, il aperçut une grande structure brillante qu'il reconnut pour l'avoir vue lors d'autres visites dans ce monde : c'était la tour d'Arilinn où il avait été formé, bien des années auparavant. Généralement, lors de tels voyages, il passait sans s'en occuper. Mais cette fois-ci, il sentait qu'il s'en rapprochait de plus en plus. Quand il se retrouva tout près, la tour prit une forme plus précise. Plusieurs générations de télépathes s'en étaient servi de base pour explorer le surmonde. Ce n'était pas surprenant que la tour fût devenue un point de repère fixe. Sûrement, se dit Damon, si Callista était dans l'un des plans astraux et qu'elle fût libre, c'était là qu'elle serait venue.

A présent, il se trouvait au pied de la structure

écrasante de la tour. De l'herbe, des arbres et des fleurs commençaient à prendre forme autour de lui, émanant de sa propre mémoire et des souvenirs conjugués de tous ceux qui, comme lui, avaient été initiés à la tour. Il se mit à marcher parmi les arbres familiers, les fleurs odorantes, avec une douloureuse sensation de nostalgie, presque de mal du pays. Il franchit le portail légèrement lumineux et resta un moment sans bouger sur les dalles de ses souvenirs.

Soudain, devant lui, apparut une femme voilée, mais même à travers les voiles, il la reconnut : Leonie, la gardienne de la tour. Son visage était imprécis ; à moitié le visage qu'il se rappelait, à moitié le visage de maintenant.

— Leonie...

La silhouette se solidifia, prit une forme plus nette, jusqu'aux deux bracelets de cuivre, en forme de serpent, qu'elle portait toujours.

— Damon, dit-elle d'un ton gentiment réprobateur. Que fais-tu sur ce niveau, ce soir ?

Il lui présenta le papillon d'argent.

— Je cherche Callista.

Sa voix lui semblait étrangement creuse.

— Elle a disparu, ajouta-t-il, et ni sa jumelle ni moi n'arrivons à la trouver. L'avez-vous vue ?

Leonie prit un air soucieux.

— Non, mon ami. Nous aussi, nous l'avons cherchée, et elle ne se trouve sur aucun des niveaux que nous savons atteindre. De temps en temps, je sens sa présence vivante, quelque part, mais j'ai beau chercher, je ne la trouve pas.

Cette réponse remplit Damon d'angoisse. Leonie était une télépathe extrêmement puissante, et tous les plans astraux accessibles lui étaient connus. Elle marchait dans ces mondes avec autant d'aisance que dans le monde solide. Le fait qu'elle fût au courant des ennuis de Callista, et qu'il lui fût impossible de localiser son élève et amie était de mauvais augure. Où, parmi tous ces mondes, pouvait bien se cacher Callista ?

— Peut-être que tu la trouveras là où je ne le peux pas, dit doucement Leonie. Les liens consanguins sont des liens puissants, et peuvent mettre en contact des parents quand l'amitié ou les affinités défaillent. Je ne sais trop pourquoi, j'ai l'impression qu'elle se trouve là-bas.

Elle étendit le bras. Damon se tourna dans la direction qu'elle indiquait et aperçut seulement une brume sombre et épaisse

— Cette obscurité est récente, et aucun d'entre nous n'arrive à la pénétrer, du moins pas pour le moment. Quand nous nous en approchons, une force nous repousse avec violence. Je ne sais quels nouveaux esprits se trouvent sur ce plan, mais ils n'y sont pas venus avec notre permission.

— Et vous croyez que Callista se sera rendue là où on la retient, et que son esprit ne peut pas se déplacer dans cette ombre ?

— J'en ai peur, répondit Leonie. Si on l'a droguée, ou mise en transe, ou si on lui a pris sa pierre-étoile, ou bien si on l'a maltraitée au point que son esprit en soit troublé... alors, pour nous, ce serait comme si elle était emprisonnée dans une grande ombre impénétrable.

Avec la rapidité de l'esprit, Damon apprit à Leonie ce qu'il savait de l'enlèvement de Callista.

— Je n'aime pas cela, dit Leonie. Ce que tu me dis m'effraie. J'ai entendu dire qu'il y a des êtres d'un autre monde, à Thendara, et qu'ils sont là avec la permission des Hastur. De temps en temps, l'un d'eux se rend en rêve dans le surmonde, mais leurs formes et leurs esprits sont étranges, et la plupart du temps, ils disparaissent dès qu'on leur adresse la parole. Ce ne sont que des ombres, ici, mais ils ont l'air inoffensifs ;

des hommes comme les autres, qui ne savent pour ainsi dire pas se déplacer dans le domaine des esprits. J'ai du mal à croire que ces Terriens — c'est le nom qu'ils se donnent — aient pu prendre part à ce qui est arrivé à Callista. Pourquoi feraient-ils une chose pareille ? Et puisqu'ils sont seulement tolérés ici, pourquoi nous provoqueraient-ils par une telle conduite ? Non. Cette affaire est plus complexe que cela.

Damon sentit le froid le saisir de nouveau et frissonna. La plaine semblait trembler sous ses pieds. Il savait que s'il comptait rester dans le surmonde, il lui fallait se remettre en route. Cela le réconfortait de parler à Leonie, mais s'il devait continuer à chercher Callista, il ne devait pas s'attarder.

Leonie avait apparemment suivi sa pensée et compris sa résolution.

— Eh bien, cherche, dit-elle. Je te donne ma bénédiction.

Comme elle levait la main pour le geste rituel, sa silhouette s'estompa, et Damon s'aperçut qu'il ne se trouvait plus sur les dalles familières au pied de la tour, mais qu'il se déplaçait rapidement sur la plaine grise, vers les ténèbres. Il faisait de plus en plus froid, et il frissonna dans le vent glacial qui sortait de là par rafales. La contrée des ténèbres, se dit-il lugubrement. Pour se protéger du froid, il s'imagina vêtu d'une épaisse cape vert et or. Il se sentit légèrement mieux et reprit sa course ; il se déplaçait de plus en plus lentement, comme si une force invisible venue de l'ombre le repoussait, toujours en arrière. Il lutta avec acharnement en appelant Callista. *Si elle se trouve sur ce niveau, elle doit m'entendre,* se dit-il. Mais comment pouvait-il, *lui,* espérer réussir, là où Leonie avait échoué ?

L'obscurité afflua, comme un énorme nuage bouillonnant, et lui apparut subitement peuplée de formes noires et tordues, de visages sinistres à peine visibles. Des membres sans corps lui adressaient des gestes inquiétants, puis disparaissaient. Damon sentit la peur l'étreindre, et fut rempli du désir de se retrouver dans son corps solide, dans son monde solide, devant la cheminée d'Armida... Il entendait vaguement des menaces et des cris.

Va-t'en! Retourne, ou tu vas mourir!

Il continua péniblement, se forçant un passage à travers la pression qui le repoussait. Entre ses doigts, le papillon de Callista semblait briller, vibrer, et il comprit qu'il se rapprochait d'elle, de plus en plus près...

— Callista! Callista!

En l'espace de quelques secondes, l'épais nuage noir s'éclaircit, et il entrevit une ombre menue, dans une fine chemise de nuit déchirée, les cheveux défaits et emmêlés, le visage bouffi de douleur et de larmes. Elle étendit les mains vers lui, comme pour le supplier, et ses lèvres remuèrent, mais il ne put entendre ce qu'elle disait. Puis l'obscurité l'enveloppa de nouveau, et subitement, il aperçut des lames d'épées, de forme curieuse, qui fendaient l'air.

Rapidement, Damon se déplaça, et promptement transforma la chaude cape en armure. Il était temps. Il entendit les épées à moitié visibles s'y abattre et sentit momentanément un élancement douloureux près du cœur.

Les épées battirent en retraite dans l'ombre, et Damon essaya de nouveau d'avancer. Alors, l'obscurité se remit à bouillonner, comme les tourbillons d'une tornade, et, de la volute noire, une voix malveillante se fit entendre.

— Va-t'en. Tu ne peux pas venir ici.

Damon ne se laissa pas démonter et essaya de stabiliser le sol sous ses bottes en se représentant un dallage familier, afin que son adversaire et lui fussent sur le terrain de son choix. Mais en dessous de lui, la surface ondula comme de l'eau jusqu'au moment où il se sentit étourdi. Alors la voix reprit, d'un ton impérieux :

— Va, te dis-je. Pars, avant qu'il ne soit trop tard.
— De quel droit me dites-vous de partir ?
— Du droit du plus fort. J'ai le pouvoir de te faire partir, et je vais le faire. Pourquoi provoquer une bataille pour rien ?

Damon ne bougea pas, bien qu'il se sentît osciller d'une manière qui lui donnait mal au cœur et lui fit battre douloureusement les tempes.

— Je m'en irai si ma cousine vient avec moi.
— Tu vas partir immédiatement, répliqua la voix.

Un énorme souffle souleva Damon qui perdit l'équilibre. Il se débattit contre le tourbillon noir.

— Montrez-vous ! Qui êtes-vous ? De quel droit êtes-vous ici ? cria-t-il.

Il tenait toujours la pierre-étoile dans la main. Il la brandit au-dessus de sa tête, comme une lanterne, remplissant les ténèbres d'un éclat éblouissant. Il vit une silhouette de grande taille, une tête de chat à l'air féroce, et d'énormes griffes...

A ce moment-là, un souffle le secoua. L'obscurité s'éloigna, dans un tourbillon de vent hurlant, et Damon se retrouva seul sur ce qui semblait une pente glissante. Il était secoué par le vent, et la neige lui fouettait le visage comme des aiguilles effilées... de la neige épaisse, une tempête...

Il se remit à grand-peine sur ses pieds, réalisant qu'il venait de rencontrer quelque chose qu'il n'avait jamais rencontré auparavant. Il en avait la chair de poule, et il se crispa, sachant qu'il devait désormais se battre pour sa sécurité, pour sa vie...

Les télépathes de Ténébreuse apprenaient à travailler avec leurs pierres-étoiles qui avaient le pouvoir, lorsqu'elles étaient assistées de l'esprit humain, de transformer directement une énergie en une autre. Dans le domaine où leurs esprits évoluaient pour effectuer ce travail, il y avait d'autres êtres intelligents non humains, parfois même immatériels, qui venaient d'autres sphères d'exitence. La plupart d'entre eux n'avaient rien à faire avec l'espèce humaine. D'autres avaient tendance, quand ils rencontraient des esprits humains dans leurs propres domaines, à s'insérer dans leurs affaires. Quelques-uns, touchés par des esprits habitués à se mettre en rapport avec eux, restaient en contact avec les humains, qui les représentaient sous forme de démons, parfois même de dieux. Le don des Ridenow, le don de Damon, avait été sciemment conçu et perpétué dans sa famille, pour leur permettre de percevoir les présences étrangères et d'établir un contact avec elles.

Mais il n'en avait jamais vu prendre une telle forme... *le grand chat*... Il était malveillant, et non pas simplement indifférent. Il l'avait jeté là, au niveau de la tourmente...

Damon essaya d'être logique. Le blizzard n'était pas réel. C'était un blizzard imaginaire, concrétisé par la pensée, et il lui suffisait d'aller se réfugier dans un monde où le temps était meilleur. Il se représenta le flanc d'une montagne ensoleillée... pendant un instant, la neige se calma, puis se remit à faire rage avec une force renouvelée. Quelqu'un était en train de projeter l'image de la tempête... quelqu'un ou *quelque chose*. Les hommes-chats ? En ce cas, Callista était-elle en leur pouvoir ?

Les rafales de vent redoublèrent de violence. Damon faiblit et tomba à genoux. Il essaya de lutter et se blessa en tombant sur la glace rugueuse. Il saignait, il se sentait gelé, faible...

Mourant...

Il faut que je quitte ce niveau, il faut que je retourne dans mon corps. S'il restait bloqué là, hors de son enveloppe corporelle, celle-ci survivrait quelque temps, alimentée artificiellement, impotente, dépérissant lentement, puis mourrait.

Ellemir, Ellemir! appela-t-il, affolé. *Réveille-moi, ramène-moi, sors-moi d'ici!*

A plusieurs reprises, il cria, entendant le hurlement du vent emporter son appel au loin, dans l'obscurité remplie de neige meurtrière. Il essaya maintes et maintes fois de se relever, de se mettre au moins à genoux, ou même de ramper. Mais il ne fit que s'écorcher le visage, et ses mains saignaient...

Ses efforts devinrent de plus en plus faibles, et un sentiment d'impuissance totale, presque de résignation, l'envahit.

Je n'aurais jamais dû faire confiance à Ellemir. Elle n'est pas assez forte. Je ne m'en sortirai jamais.

Il lui sembla qu'il y avait des heures, des jours, qu'il glissait, dérapait, pataugeait péniblement dans la tourmente...

Une douleur effroyable le transperça, et un froid mortel lui enserra la tête. Une lueur bleue, aveuglante, surgit de toutes parts. Il y eut une secousse, comme un coup de tonnerre, et Damon, épuisé et haletant, se retrouva allongé dans son fauteuil, dans la grande salle d'Armida. Le feu était éteint depuis longtemps, et la pièce était glaciale. Ellemir, pâle et terrifiée, les lèvres violettes et tremblantes, se tenait au-dessus de lui.

— Damon, oh, Damon! Oh, réveille-toi, réveille-toi!

Il reprit son souffle avec peine.

— Je suis là, je suis là.

Elle était arrivée à le faire sortir de ce cauchemar et à le ramener. Sa tête et son cœur battaient follement, et il claquait des dents. Il jeta un coup d'œil autour de lui.

Les lueurs de l'aube commençaient à poindre. Dehors, la cour était paisible, et la tempête avait cessé. Damon cligna des yeux et secoua la tête.

— Le blizzard, dit-il indistinctement.

— Tu as trouvé Callista ?

Damon fit non de la tête.

— Mais j'ai trouvé celui qui la détient, et il a bien failli avoir ma peau.

— Je n'arrivais pas à te réveiller — et tu étais bleu et tu suffoquais et gémissais. Finalement, j'ai saisi la pierre-étoile, avoua Ellemir, et j'ai cru que tu avais une convulsion. Je croyais t'avoir tué...

Il s'en était fallu de peu, pensa Damon. Mais cela valait mieux que si elle l'avait laissé mourir dans le blizzard du surmonde. Elle avait pleuré, aussi.

— Pauvre petite, j'ai dû te faire horriblement peur, dit-il tendrement.

Et il l'attira à lui. Elle était assise sur ses genoux, toujours tremblante. Il se rendit compte qu'elle devait avoir aussi froid que lui. Il saisit une couverture de fourrure qui se trouvait à portée de sa main, et l'enroula autour de leurs épaules. Tout à l'heure, il irait rallumer le feu. Pour le moment, il voulait seulement se pelotonner dans la douce fourrure réconfortante et sentir les frissons de la jeune fille s'atténuer.

— Mon pauvre petit amour, je t'ai fait peur, et tu es à moitié morte de froid, murmura-t-il en l'enlaçant.

Il baisa les joues couvertes de larmes, et réalisa qu'il y avait bien, bien longtemps qu'il voulait faire cela. Doucement, il embrassa les lèvres glacées, tâchant de les réchauffer avec les siennes.

— Ne pleure pas, mon amour, ne pleure pas.

Elle eut un mouvement involontaire.

— Les domestiques sont encore couchés, dit-elle d'une voix ensommeillée. Nous devrions faire du feu, les appeler...

— Au diable, les domestiques.

Il ne voulait laisser personne interrompre leur intimité toute nouvelle.

— Je ne veux pas te laisser partir, Ellemir.

Elle leva le visage vers lui et l'embrassa.

— Ce n'est pas nécessaire, dit-elle doucement.

Ils restèrent immobiles, blottis l'un contre l'autre dans la couverture fourrée. Damon ressentait encore une grande faiblesse due à l'épuisement de sa force nerveuse, prix inévitable du travail télépathique. Il savait qu'il devrait se lever, rallumer le feu, faire apporter de la nourriture, ou il lui en coûterait peut-être plusieurs jours de lassitude et de maladie. Mais il ne pouvait se décider à bouger. Il ne voulait pas se séparer d'Ellemir. Finalement, terrassé par la fatigue et la faim, il s'endormit profondément...

... Ellemir le secouait, et dans la grande entrée, il entendit des coups, du bruit. Quelqu'un appelait.

— Il y a quelqu'un à la porte, dit Ellemir, étonnée. A cette heure ? Et les domestiques... ? Qu'est-ce que...

Damon se débarrassa de la couverture et se leva. Il traversa l'entrée, la cour intérieure, et arriva aux grandes portes. Il tira les verrous de ses doigts raides et maladroits, et ouvrit.

Sur le seuil se tenait un homme enveloppé d'un grand manteau de fourrure étrange, vêtu de vêtements déchirés.

— Je suis étranger, dit-il avec un accent prononcé. Je me suis perdu. J'étais avec l'expédition de Cartographie, je viens de la cité de commerce. Pouvez-vous me donner asile, et envoyer un message aux miens ?

Damon le considéra d'un air confus.

— Oui, entrez, dit-il enfin, avec hésitation. Entrez, étranger. Soyez le bienvenu.

Il se tourna vers Ellemir.

— C'est seulement un de ces Terriens de Thendara,

expliqua-t-il. J'en ai entendu parler, ils sont inoffensifs. Hastur souhaite que nous soyons hospitaliers envers eux, quand nécessaire, bien que celui-ci se soit vraiment aventuré très loin. Appelle tes gens, *breda*. Il a probablement besoin de manger et de se réchauffer.

Ellemir rassembla ses esprits.

— Entrez. Soyez le bienvenu à Armida, étranger. Veuillez accepter l'hospitalité du domaine Alton. Nous vous aiderons comme nous le pourrons...

Elle s'interrompit, car le nouveau venu la dévisageait avec de grands yeux effarés.

— Callista ! s'écria-t-il d'une voix mal assurée. Callista ! Vous êtes réelle !

Ellemir écarquilla les yeux avec stupéfaction.

— Non, bégaya-t-elle. Non, je ne suis pas Callista, je suis Ellemir. Mais qu'est-ce que... qu'est-ce que *vous*, vous pouvez bien savoir de Callista ?

5

— Autant vous dire tout de suite que je n'en crois pas un mot, dit la jeune fille qui s'appelait Ellemir.

C'est vraiment difficile d'admettre qu'elle n'est pas Callista, se dit Andrew Carr. *Elles se ressemblent tellement!*

Il était assis sur le gros banc de bois près de la cheminée et buvait un breuvage chaud et réconfortant. Quel plaisir de se retrouver à l'intérieur d'une vraie maison, même si la tempête était finie! Il sentait une odeur de cuisine, et il trouvait cela fantastique. Tout aurait pu être fantastique, s'il n'y avait pas eu la jeune fille qui ressemblait tant à Callista et qui, fait curieux, ne l'était pas. Elle était debout en face de lui et le regardait avec une hostilité non feinte.

— Je ne vous crois pas, répéta-t-elle.

L'homme svelte aux cheveux roux s'était agenouillé devant l'âtre pour alimenter le feu. Il avait l'air fatigué, et Andrew se demanda s'il était malade. L'homme prit la parole sans lever la tête.

— Ce n'est pas juste, Ellemir. Tu sais ce que je suis. Je sais quand on me ment, et il ne ment pas. Il t'a *reconnue*. Donc, ou il t'a déjà vue, ou il a vu Callista.

Et où un Terrien aurait-il vu Callista ? Ce n'est pas possible, à moins que son histoire ne soit vraie.

Ellemir s'obstinait.

— Comment être sûr que ce n'est pas *son* peuple qui a enlevé Callista ? Il arrive ici avec une histoire ahurissante de Callista qui l'a atteint, guidé quand il était perdu dans les montagnes, et sauvé de la tempête. Est-ce que tu veux me faire croire que Callista a pu atteindre cet homme, un étranger d'une autre planète, alors que toi-même n'as pas réussi à la trouver dans le surmonde, et qu'elle ne pouvait pas se mettre en contact avec moi, qui suis sa sœur jumelle ? Je regrette, Damon, je ne peux pas le croire.

Andrew la regarda droit dans les yeux.

— Si vous devez me traiter de menteur, dites-le-moi carrément. Mon histoire ahurissante, comme vous dites, croyez que je n'éprouve aucun plaisir à la raconter. Vous croyez que cela m'amuse de passer pour un fou ? Au début, je croyais que la fille était un fantôme, comme je vous l'ai expliqué. Ou que j'étais déjà mort, et que j'assistais à ce qui se passe dans l'au-delà. Mais quand elle m'a empêché de tomber avec l'avion, et quand ensuite elle m'a mené en lieu sûr pour attendre la fin de la tempête, j'ai compris qu'elle était réelle. J'ai *dû* le croire. Je comprends que vous doutiez de moi. Mais c'est vrai. Et je crois volontiers que Callista est de votre famille. Dieu sait que vous vous ressemblez assez pour être jumelles.

Dommage, se surprit-il à penser, *que celle-ci ne soit pas aussi bienveillante que Callista*. Heureusement, l'homme, au moins, semblait le croire.

Damon se leva, car le feu était bien parti, et se tourna vers Andrew.

— Je vous présente mes excuses pour le manque de courtoisie de ma cousine, étranger, dit-il. Elle vient de passer des journées pénibles depuis la disparition de sa sœur. Il lui est difficile d'accepter ce que vous dites, que Callista ait pu toucher votre esprit alors qu'elle ne pouvait pas atteindre sa propre jumelle. Le lien entre les jumeaux est censé être le lien le plus solide que nous connaissions. Je ne peux pas non plus m'expliquer votre histoire, mais j'ai assez vécu pour savoir qu'il y a beaucoup trop de choses dans l'existence pour qu'un homme ou une femme puisse tout comprendre. Peut-être pouvez-vous nous en apprendre plus long ?

— Je ne sais que vous dire de plus, dit Andrew. Je n'y comprends rien non plus.

— Peut-être savez-vous quelque chose sans en être conscient ? Mais pour le moment, cesse de le harceler, Ellemir. D'où qu'il vienne, et quelle que soit la vérité dans cette affaire, il est notre hôte, il est fatigué, il a froid, et tant qu'il ne se sera pas réchauffé, rassasié et reposé, le questionner est un manquement à l'hospitalité. Tu ne fais pas honneur au domaine Alton, cousine.

Andrew n'avait saisi que des bribes du discours de Damon. Il n'était pas sûr de certains mots, bien qu'il ait appris la *lingua franca* de la cité de commerce, et qu'il arrivât généralement à se faire comprendre assez bien. Cependant, il se rendit compte que Damon était en train de réprimander Ellemir, car le visage de la jeune fille s'empourpra jusqu'à la racine de ses cheveux cuivrés.

— Etranger, dit-elle en détachant ses syllabes afin qu'il pût la comprendre, étranger, je ne voulais pas vous offenser. Je suis sûre que tout malentendu finira par se dissiper. Pour l'instant, acceptez l'hospitalité de notre maison et domaine. Il y a du feu. Un repas vous sera servi dans peu de temps. Y a-t-il quelque chose dont vous avez besoin ?

— J'aimerais me débarrasser de ce manteau, il est trempé.

En effet, de la buée commençait à s'élever du

manteau que la chaleur de la pièce faisait goutter. Damon l'aida à s'en débarrasser.

— Vos vêtement ne sont pas prévus pour les tempêtes de nos montagnes, et vos chaussures sont juste bonnes à jeter. Elles n'étaient pas faites pour traverser les montagnes.

Andrew fit une grimace désabusée.

— Je n'avais pas précisément prévu ce voyage. Pour ce qui est du manteau, il appartenait à un mort, mais j'étais bigrement content de l'avoir.

— Je n'avais pas l'intention de critiquer votre façon de vous habiller, étranger. Le fait est que vous n'êtes pas assez couvert, même pour l'intérieur, et qu'il serait dangereux d'entreprendre votre voyage de retour équipé de la sorte. Mes propres vêtements ne vous iraient pas...

Damon se mit à rire en levant les yeux vers le Terrien qui le dépassait d'une tête.

— Mais si vous ne voyez pas d'inconvénient à porter les vêtements d'un domestique ou de l'un des intendants, je pense pouvoir vous procurer quelque chose qui vous tiendra chaud.

— C'est très aimable à vous, répondit Andrew. Je porte ces haillons depuis mon accident, et je ne serais pas fâché de me changer. Un bain ne serait pas superflu, non plus.

— Je n'en doute pas. Très peu de personnes, même celles qui habitent dans les montagnes, survivent à nos tempêtes.

— Je ne m'en serais jamais tiré si Callista n'avait pas été là.

— Je le crois. Le seul fait que vous, étranger à notre monde, ayez survécu au blizzard, confirme ce que vous nous avez raconté. Venez avec moi, et je vais vous conduire à la salle de bains et vous trouver des vêtements propres.

Andrew traversa avec Damon de larges corridors, des chambres spacieuses et une longue volée d'escaliers. Il arriva enfin à un appartement aux grandes fenêtres couvertes de lourdes tentures tissées qui protégeaient du froid. Attenant à l'une des pièces se trouvait une vaste salle de bains dont l'immense baignoire en pierre était encastrée dans le plancher. De la vapeur s'élevait d'une fontaine au milieu de la pièce.

— Prenez un bain chaud et enveloppez-vous d'une couverture, dit Damon. Je vais aller réveiller quelques domestiques et vous trouver des vêtements. Faut-il que je vous envoie quelqu'un pour vous aider, ou pouvez-vous vous débrouiller tout seul? Ellemir n'a pas beaucoup de serviteurs, mais je suis sûr que je pourrais trouver quelqu'un pour s'occuper de vous.

Andrew assura Damon qu'il avait l'habitude de se baigner sans assistance, et le jeune homme se retira. Andrew prit un long bain voluptueux, baignant jusqu'au cou dans l'eau bouillante.

Et moi qui croyais que c'était un endroit primitif, grands dieux!

En même temps, il se demandait comment fonctionnait le système de chauffage. Les Romains et les Crétois — sur Terre — avaient construit les bains les plus élaborés de l'histoire, alors pourquoi les habitants de cette planète n'en feraient-ils pas autant? A l'étage inférieur, ils se chauffaient au feu de bois, mais cela ne voulait rien dire. Le feu de bois dans une cheminée était considéré comme le summum du luxe, même dans certaines sociétés qui n'en avaient pas besoin. Peut-être que pour l'eau chaude, ils utilisaient des sources d'eau chaude naturelles. De toute façon, le bain lui faisait du bien et lui procura une longue détente bienvenue après toutes ces journées éprouvantes. Enfin, incroyablement rafraîchi, il sortit de la grande baignoire, se sécha et se drapa dans une couverture.

Damon fut de retour peu de temps après. Il avait apparemment, lui aussi, pris le temps de se baigner et de se changer. Il avait l'air plus jeune et moins fatigué. Il portait un paquet de vêtements et s'excusa presque.

— Ce ne sont que de pauvres habits à offrir à un invité. C'est le costume de fête de notre majordome.

— En tout cas, ils sont secs et propres, dit Andrew, alors remerciez-le pour moi, qui qu'il soit.

— Descendez dans la grande salle quand vous serez prêt. Le repas sera servi d'ici là.

Lorsqu'il fut seul, Andrew revêtit le « costume de fête du majordome ». Il se composait d'une chemise et d'un caleçon de grosse toile ; un pantalon en daim qui allait en s'évasant du genou à la cheville ; une chemise finement brodée, avec de longues manches froncées aux poignets, et un pourpoint de cuir. Il y avait aussi des bas de laine tricotée que l'on resserrait au genou, et des bottes en feutre, doublées de fourrure, qui lui arrivaient à mi-mollet. Dans cette tenue, plus confortable qu'il ne l'aurait cru, Andrew se sentait à l'aise pour la première fois depuis des jours. Il avait faim, aussi, et quand il ouvrit la porte, une odeur alléchante le guida jusqu'à la salle à manger. Il pensa, un peu tard, que cela le mènerait peut-être aux cuisines. Mais l'escalier aboutissait à un couloir d'où il pouvait voir la grande salle où on l'avait accueilli.

Damon et Ellemir étaient assis à une petite table où attendait un troisième couvert. Damon leva la tête en signe d'accueil.

— Pardonnez-nous de ne vous avoir pas attendu, dit-il. Mais j'ai passé la nuit debout, et j'avais très faim. Joignez-vous à nous.

Andrew se mit à table. Ellemir l'observa de la tête aux pieds, légèrement surprise, pendant qu'il s'asseyait.

— Vous avez vraiment l'air d'être un des nôtres, dans ces vêtements. Damon m'a un peu parlé de votre peuple de la Terre. Mais j'aurais cru que les habitants d'autres planètes seraient très différents de nous, plutôt comme les non-humains des montagnes. Etes-vous absolument comme les hommes ?

Andrew se mit à rire.

— Ma foi, je me trouve assez humain moi-même. Je trouverais plus logique de vous demander : est-ce que *vous autres,* vous êtes comme nous, aussi ? La plupart des mondes de l'Empire sont peuplés de gens qui ressemblent à des hommes. Beaucoup de gens croient que toutes les planètes ont été colonisées par une même espèce d'humains, il y a quelques millions d'années. Il y a eu une grande part d'adaptation au nouvel environnement, mais sur les planètes comme la Terre, l'organisme humain semble demeurer assez stable. Je ne suis pas biologiste, alors je ne saurais expliquer exactement les phénomènes de génétique, mais on m'a dit avant que je vienne ici que la race dominante de Cottman IV était la race humaine, bien qu'il y ait un ou deux peuples sages qui ne le soient pas.

Subitement, il se rappela que Callista lui avait dit qu'elle était aux mains de non-humains. Elle voudrait sûrement que ses parents soient mis au courant. Mais allait-il gâcher leur petit déjeuner ? Il aurait le temps de le leur dire plus tard.

Damon lui tendit un plat, et il se servit d'une sorte d'omelette garnie de fines herbes et de légumes inconnus. C'était bon. Il y avait des fruits — la meilleure comparaison qu'il trouva était des pommes et des prunes — et une boisson qu'il avait goûtée dans la cité de commerce, qui avait un goût de chocolat amer.

Il remarqua, en mangeant, qu'Ellemir lui jetait des regards furtifs. Il se demanda si sa façon de se tenir à table était, pour ses hôtes, incorrecte, ou si la raison était autre.

Il ne savait toujours pas que penser d'Ellemir. Elle

était tellement identique à Callista, et tellement différente ! Quand il observait les traits de son visage, il n'y trouvait aucune différence avec ceux de Callista : le front haut, les petites mèches délicates qui poussaient à la naissance des cheveux, trop courtes pour tenir dans les élégantes tresses ; les pommettes hautes, et le nez droit piqué de taches de rousseur ; la lèvre supérieure volontaire ; et le petit menton tout rond, creusé d'une fossette. Callista était la première femme qu'il eût vue sur cette planète qui ne fût chaudement couverte, sans compter les citoyennes de l'Empire qui travaillaient à la base spatiale, dans des bureaux équipés du chauffage central.

Oui, c'était là la différence. Chaque fois qu'il l'avait vue, Callista ne portait qu'une chemise de nuit légère. Il avait vu d'elle pratiquement tout ce qu'il y avait à voir. Si une autre femme s'était montrée à lui ainsi vêtue — eh bien, jusqu'alors, Andrew Carr avait été le genre d'homme à prendre son plaisir comme il le trouvait, sans particulièrement s'engager. Et pourtant, quand il avait trouvé Callista endormie auprès de lui, et qu'à moitié endormi il avait essayé de la toucher, il avait été bouleversé, et il avait partagé l'embarras de la jeune fille. Tout simplement, il ne la désirait pas dans ces conditions. Non, ce n'était pas exact. Bien sûr que si, il la désirait. Cela semblait tout naturel, et elle avait accepté le fait comme tel. Mais ce qu'il éprouvait était plus profond. Il voulait la connaître, la comprendre. Il voulait qu'elle le connaisse et le comprenne, et qu'il ne lui soit pas indifférent. Andrew avait eu peur qu'elle ne craigne quelque grossièreté ou manque de considération de sa part. Comme si, avec ses réactions maladroites, il avait pu gâter quelque chose de très doux et précieux, quelque chose de parfait. Même encore, quand il se rappelait la brave petite plaisanterie qu'elle avait faite (« Ah, quelle tristesse ! La première fois, la toute première fois que je dors au côté d'un homme, et je ne peux même pas en profiter ! »), il sentait sa gorge se serrer et éprouvait une tendresse immense, toute neuve.

Pour Ellemir, par contre, il ne ressentait rien de la sorte. S'il l'avait trouvée endormie dans son lit, il l'aurait traitée comme n'importe quelle jolie fille, à moins qu'elle n'ait objecté vigoureusement — auquel cas elle ne se serait de toute façon pas trouvée là. Mais il n'y aurait pas attaché plus d'importance que cela, et plus tard, elle ne lui aurait pas été plus spéciale que toutes les autres femmes avec qui il avait eu du bon temps. Comment des jumelles pouvaient-elles être si subtilement différentes ? Etait-ce cet impondérable connu sous le nom de *personnalité* ? Mais il ne savait rien de la personnalité d'Ellemir.

Alors, comment Callista pouvait-elle provoquer en lui cette acceptation sans réserve, cet abandon absolu, et Ellemir seulement un haussement d'épaules ?

Ellemir posa sa cuiller.

— Pourquoi me *fixez*-vous ainsi, étranger ?

Andrew baissa les yeux.

— Je ne m'en étais pas rendu compte.

Elle rougit jusqu'à la racine des cheveux.

— Oh ! ne vous excusez pas. Je vous regardais aussi. Je pense que lorsque j'ai entendu parler de gens qui venaient d'autres planètes, je m'attendais à ce qu'ils soient bizarres, comme des créatures de contes à faire peur, avec des cornes et des queues. Et vous voilà, tout à fait semblable à n'importe quel homme de la vallée voisine. Mais je ne suis qu'une fille de la campagne, et je ne suis pas habituée aux nouveautés comme les gens qui habitent à la ville. Alors je me conduis comme une paysanne qui ne voit jamais rien d'autre que ses vaches et ses moutons.

Pour la première fois, Andrew perçut une légère, très

légère ressemblance avec Callista : la spontanéité, la franchise, dépourvue de coquetterie et de méfiance. Il se prit de sympathie pour elle en dépit de l'hostilité qu'elle lui avait manifestée plus tôt.

Damon se pencha et posa sa main sur celle d'Ellemir.

— Ma mie, il ne connaît pas nos usages. Il ne pensait pas mal faire... Etranger, chez nous il est extrêmement impoli de dévisager une jeune fille. Si vous étiez un des nôtres, mon honneur me commanderait de vous lancer un défi. On pardonne aux enfants et aux étrangers, mais je sens que vous n'êtes pas homme à offenser une femme délibérément. Alors, je vous mets au courant sans vouloir vous froisser.

Il sourit, désireux de convaincre Andrew de sa sincérité.

Mal à l'aise, Andrew détourna son regard d'Ellemir. C'était une sacrée coutume. Il lui faudrait quelque temps pour s'y faire.

— J'espère qu'il n'est pas impoli de poser des questions, dit-il. J'aimerais connaître quelques détails. Vous vivez ici...

— C'est la maison d'Ellemir, dit Damon. Son père et son frère sont au conseil Comyn en cette saison.

— Vous êtes son frère ? Son mari ?

Damon secoua la tête.

— Un parent. Quand Callista a disparu, elle m'a fait mander. Et nous aussi, nous aimerions vous poser quelques questions. Vous êtes un Terrien de la cité de commerce. Que faisiez-vous dans nos montagnes ?

Andrew leur parla un peu de l'expédition Cartographie et Exploration.

— Je m'appelle Andrew Carr, ajouta-t-il.

— *Ann'dra,* répéta Ellemir lentement, avec un léger accent. Tiens ! Ce n'est pas si barbare, après tout. Il y a des Anndra et des MacAnndra dans les collines Kilghard, des MacAnndra et des MacAran...

Ça aussi, se dit Andrew, *les noms de tous ces gens. Ils ressemblent beaucoup aux noms terriens*. Et pourtant, d'après ce qu'il avait entendu dire, cette planète n'avait pas été colonisée par les vaisseaux et les sociétés de l'Empire terrien. Enfin, cela n'avait pas d'importance pour le moment.

— Avez-vous assez mangé ? demanda Damon. Vous êtes sûr ? Le froid peut très vite épuiser vos réserves. Vous devez manger beaucoup afin de récupérer.

Ellemir, qui picorait dans un plat de fruits qui ressemblaient à des raisins secs, s'adressa à Damon :

— Damon, tu manges comme si tu avais passé plusieurs jours dans le blizzard.

— Crois-moi, c'est comme si je l'avais fait, dit Damon en faisant la grimace — et il frissonna. Je ne t'ai pas tout dit, parce qu'il est arrivé et que nous avons été détournés de nos propos, mais on m'avait envoyé dans un endroit où la tempête continuait, et si tu ne m'avais pas fait revenir...

Il contempla quelque chose qu'il était seul à voir.

— Allons nous installer confortablement près du feu, et nous pourrons continuer à parler. Maintenant que vous êtes réchauffé et, j'espère, plus à l'aise...

Il fit une pause.

Andrew devina qu'on attendait de lui une réponse protocolaire.

— Je me sens très bien. Merci.

— A présent, je voudrais que vous repreniez votre histoire en détail, depuis le début.

Ils s'installèrent devant la cheminée, Andrew sur l'un des bancs à haut dossier, Ellemir sur une chaise basse, Damon aux pieds de la jeune fille, sur le tapis.

— Allez-y, et dites-nous tout ce que vous pouvez, dit Damon. En particulier toutes les paroles que vous avez échangées avec Callista. Même si vous n'avez pas compris tout ce qu'elle vous a dit, il se peut que certains détails soient pour nous de précieuses indications. Vous dites que la première fois que vous l'avez vue, c'était après que votre avion se fut écrasé... ?

— Non, ce n'était pas la première fois.

Andrew leur raconta la séance chez la diseuse de bonne aventure. Il hésitait à leur dire exactement à quel point ce contact l'avait ému, et décida de passer ce détail sous silence.

— Alors, vous l'avez acceptée comme réelle à ce moment ? demanda Ellemir.

— Non. Je pensais que c'était un jeu. Que peut-être la vieille dame était une entremetteuse, et qu'elle me montrait des femmes dans un but bien évident. Ce genre de pratique est généralement une escroquerie.

— Comment est-ce possible ? s'exclama Ellemir. Quiconque prétendrait avoir des facultés télépathiques sans les posséder serait considéré comme un criminel ! C'est une faute très grave !

— Mon peuple ne croit pas qu'il existe des facultés parapsychiques qui ne soient *pas* prétendues. A ce moment-là, je croyais que la fille était un rêve. L'exaucement d'un souhait, si vous voulez.

— Cependant, elle était suffisamment réelle pour que vous changiez vos projets et que vous décidiez de rester sur Ténébreuse, dit Damon avec perspicacité.

Andrew se sentait mal à l'aise sous le regard pénétrant de Damon.

— Je n'avais pas de but précis. Je suis — quel est ce dicton ? —, « Je suis le chat qui voyage tout seul, et pour moi, tous les endroits sont les mêmes ». Alors cette planète n'était pas plus mal qu'une autre, et probablement mieux que la plupart.

En disant ces mots, il se rappela que Damon avait dit : « Je sais quand on me ment », mais il était incapable d'expliquer ses raisons et aurait été embarrassé d'essayer.

— Enfin, je suis resté. Disons que cela semblait être une bonne idée à ce moment-là. Appelez cela une lubie.

Au soulagement d'Andrew, Damon n'insista pas.

— De toute façon, quelles qu'aient été vos raisons, vous êtes resté. Quand était-ce exactement ?

Andrew leur donna la date, et Ellemir secoua la tête, perplexe.

— A cette époque, Callista était à la tour. Elle ne serait pas allée envoyer un message télépathique pour appeler à l'aide, surtout pas un étranger !

— Je ne vous demande pas de le croire, dit Andrew avec obstination. J'essaie de vous dire exactement ce qui s'est passé, et la façon dont je l'ai ressenti. C'est *vous* qui êtes censés comprendre ces trucs psychiques.

Encore une fois, leurs regards se croisèrent avec une hostilité singulière.

— Dans le surmonde, expliqua Damon, le temps n'a quelquefois plus aucune signification. Il se peut qu'il y ait eu un élément de prémonition pour tous les deux.

— Tu parles comme si tu croyais son histoire, Damon ! s'emporta Ellemir.

— Je lui accorde le bénéfice du doute, et je suggère que tu en fasses autant. Je te rappelle, Ellemir, que ni toi ni moi ne pouvons atteindre Callista. Si cet homme a pu le faire, il est probablement notre seul lien avec elle. Il serait mieux de ne pas l'irriter.

Ellemir baissa les yeux.

— Continuez, dit-elle sèchement. Je ne vous interromprai plus.

— Bon. Andrew, votre second contact avec Callista a eu lieu quand l'avion s'est écrasé... ?

— Après que l'avion se fut écrasé. J'étais à moitié inconscient, sur la falaise, et elle m'a parlé, elle m'a dit de chercher un refuge.

Lentement, tâchant de se rappeler mot pour mot les

paroles de Callista, il raconta comment elle l'avait empêché de retourner dans l'avion une seconde avant que celui-ci n'allât s'écraser dans le ravin.

— Pensez-vous que vous pourriez retrouver l'endroit ? demanda Ellemir.

— Je ne sais pas. Les montagnes sont déroutantes, quand on n'y est pas habitué. Je pense que je pourrais essayer, bien que le voyage ait été assez pénible une fois.

— Je ne pense pas que ce soit nécessaire, dit Damon. Continuez. Quand vous est-elle apparue, ensuite ?

— Après qu'il eut recommencé à neiger. En fait, à peu près au moment où cela prenait des proportions de blizzard. J'avais décidé que c'était sans espoir et j'allais abandonner et me trouver un coin confortable pour m'endormir et mourir.

Damon réfléchit un moment.

— Alors, le lien entre vous est à double sens. Vraisemblablement, son besoin *à elle* a établi le premier contact. Mais le *vôtre*, et le danger que vous couriez, vous ont mené à elle, cette fois-là, du moins.

— Mais si Callista est libre dans le surmonde, s'écria Ellemir, pourquoi n'a-t-elle pas pu t'y retrouver quand tu y étais, Damon ? Pourquoi Leonie n'a-t-elle pas pu la trouver ? C'est absurde !

Elle avait l'air tellement bouleversée et hors d'elle, qu'Andrew ne pouvait le supporter. Cela lui rappelait trop les larmes de Callista.

— Elle m'a dit qu'elle ne savait pas où elle était — qu'on la gardait dans le noir. Si cela peut vous réconforter, madame, elle est venue vers moi seulement parce qu'elle n'avait pu vous atteindre.

Il essaya de rapporter exactement les paroles de Callista. Ce n'était pas facile, et il se demanda si elle avait parlé à son esprit directement, sans besoin de mots.

— Elle a dit quelque chose de ce genre — je crois — : c'était comme si les esprits de ses proches avaient été effacés de la surface de ce monde, et qu'elle avait erré longtemps dans le noir en vous cherchant, jusqu'au moment où elle s'est trouvée en contact avec moi. Et puis elle a dit qu'elle revenait vers moi parce qu'elle avait peur et qu'elle se sentait très seule...

La voix d'Andrew était entrecoupée par l'émotion.

— ... et la compagnie d'un étranger valait encore mieux que pas de compagnie du tout. Elle a dit qu'elle pensait qu'on la retenait dans un lieu — surmonde, c'est comme ça que vous l'appelez ? — où les esprits de son peuple ne pouvaient se rendre.

— Mais comment cela ? Pourquoi ? demanda Ellemir.

— Je suis désolé, répondit Andrew humblement. Je n'en sais rien. Votre sœur a eu beaucoup de difficulté à m'expliquer seulement cela, et je ne suis toujours pas sûr d'avoir bien compris. Si ce que je dis n'est pas exact, ce n'est pas que je mente, c'est que je n'ai pas le vocabulaire. Il me semblait comprendre quand Callista me l'expliquait, mais c'est autre chose d'avoir à le dire dans votre langue.

Le visage d'Ellemir s'adoucit quelque peu.

— Je ne crois pas que vous mentez, Ann'dra, dit-elle, prononçant de nouveau son nom de cette façon étrange et douce. Si vous étiez venu ici avec de mauvaises intentions, je suis sûre que vous sauriez mentir mieux que cela. Mais tout ce que vous pouvez nous dire de Callista, je vous en prie, essayez de nous le dire. Est-ce qu'on l'a maltraitée, est-ce qu'elle souffrait ? Est-ce que vous l'avez vraiment vue, comment allait-elle ? Oh, oui, vous devez l'avoir vue, puisque vous m'avez reconnue.

— Elle n'était pas blessée, mais elle avait un bleu sur la joue. Elle portait une robe bleue très légère qui ressemblait à une chemise de nuit. Personne de sensé ne porterait un tel vêtement dehors. Il y a...

Il ferma les yeux pour mieux la voir.

— Il y a une sorte de broderie le long de l'ourlet, vert et or, mais c'était déchiré et je n'ai pas pu en voir le dessin.

Ellemir eut un léger frisson.

— Je sais de quelle robe il s'agit. J'en ai une aussi. Callista portait la sienne la nuit où elle a été enlevée. Continuez, vite !

— Ceci prouve qu'il dit vrai, dit Damon. J'ai réussi à apercevoir Callista pendant quelques secondes dans le surmonde. Elle portait encore la chemise de nuit. Ce qui m'apprend deux choses. Il a vraiment vu Callista. Et — fait plus inquiétant — il ne lui est pas possible de se vêtir de façon plus convenable, même en pensée. Quand je l'ai vue, avant d'aller la chercher dans le surmonde, elle était vêtue de sa robe écarlate, comme il sied à une *leronis* — une sorcière —, ajouta-t-il pour Andrew, et elle était voilée comme une gardienne doit l'être.

Il répéta involontairement les paroles de Leonie :

— Si on l'a droguée, ou mise en transe, ou si on lui a pris sa pierre-étoile, ou bien si on l'a maltraitée au point que son esprit en soit troublé...

— Je ne peux pas le croire, dit Andrew. Tout ce qu'elle faisait était trop — trop sensé, trop *réfléchi*, si vous voulez. Elle m'a mené à un endroit précis, pendant la tempête. Et elle est revenue, ensuite, pour me montrer où se trouvait la nourriture. Je lui ai demandé si elle avait froid, et elle m'a répondu qu'il ne faisait pas froid là où elle était. Aussi, comme j'avais remarqué le bleu sur sa figure, elle m'a dit qu'elle n'avait pas été maltraitée.

— Essayez de vous rappeler tout ce qu'elle a dit, insista Damon.

— Elle m'a dit que la cabane de berger où je m'abritais ne se trouvait qu'à quelques lieues d'ici. Elle a ajouté qu'elle voudrait être là avec moi, afin que, quand le blizzard aurait cessé, dans peu de temps, elle soit...

Il fronça les sourcils, tâchant encore une fois de se rappeler une conversation qui s'était déroulée en pensée plus qu'en paroles.

— ... elle soit au chaud, en sûreté, et chez elle.

— Je connais l'endroit, dit Damon. Coryn et moi y passions souvent la nuit, quand nous étions adolescents, et que nous allions à la chasse. C'est remarquable que Callista ait pu s'y rendre par la pensée.

Il réfléchit, tâchant de faire la synthèse de tout ce qu'il avait appris.

— Qu'est-ce qu'elle vous a dit d'autre ?

C'est après ça, que je me suis réveillé et que je l'ai trouvée endormie presque dans mes bras, pensa Andrew. *Mais je veux bien être pendu si je vous raconte ça. C'est strictement entre Callista et moi.* Et pourtant, elle avait peut-être dit quelque chose qui serait un indice précieux pour Damon... Il s'arrêta, irrésolu.

Damon avait saisi sans peine le conflit qui se lisait sur le visage d'Andrew, beaucoup plus précisément qu'Andrew ne l'aurait cru.

— Je peux m'imaginer sans peine, dit-il gentiment, désireux de l'épargner, que seuls dans le noir, et tous deux en des lieux inconnus et hostiles, vous ayez pu échanger...

Il hésita, et Andrew sentit que Damon cherchait un mot qui n'affecterait pas sa sensibilité.

— Echanger... des confidences. Vous n'avez pas besoin de nous raconter cela.

C'est curieux, la façon qu'ont ces gens de se rappro-

cher de vous, presque de savoir ce que vous pensez. Andrew était sensible à l'effort que Damon avait fait pour ne pas empiéter sur sa vie privée, ni sur les moments plus intimes qu'il avait partagés avec Callista. *Intimes... quel drôle de mot, alors que je ne l'ai jamais vue en chair et en os. Etre devenu si proche, si proche d'une femme que je n'ai jamais vue...* Il était conscient du visage maussade d'Ellemir et réalisa qu'elle aussi sentait vaguement combien il s'était rapproché de sa jumelle. Et que cela lui déplaisait.

Damon, lui aussi, perçut l'irritation d'Ellemir.

— Mon petit, lui dit-il, tu devrais être reconnaissante que quelqu'un, même un étranger, ait pu atteindre Callista. Simplement parce que tu n'as pas pu la trouver et la réconforter toi-même, tu vas en vouloir à cet homme qui a pu le faire ? Préférerais-tu qu'elle soit toute seule dans sa prison ?

Il se retourna vers Andrew.

— Elle est très jeune, s'excusa-t-il presque. Et elles sont jumelles. Mais en reconnaissance pour la bonté que vous avez eue envers ma cousine, je suis prêt à être votre ami. Maintenant, si vous pouvez me raconter ce qu'elle a pu dire au sujet de ses ravisseurs...

— Elle a dit qu'elle était dans le noir, et qu'elle ne savait pas exactement où elle se trouvait, parce que si elle le savait avec précision, elle aurait pu quitter l'endroit d'une façon ou d'une autre. Je n'ai pas très bien compris. Elle a dit que comme elle ne savait pas, son corps — c'est ainsi qu'elle avait l'air de faire la distinction — devait rester là où ils l'avaient mis. Et elles les a maudits.

— A-t-elle dit qui ils étaient ?

— Elle a dit quelque chose qui n'avait aucun sens. Elle a dit que ce n'étaient pas des humains.

— Est-ce qu'elle vous a dit comment elle le savait ? Est-ce qu'elle les a vus ? demanda Damon vivement.

— Non. Elle m'a dit qu'elle ne les avait *pas* vus, mais qu'elle les soupçonnait de l'avoir gardée dans le noir pour qu'elle ne puisse pas les voir. Mais elle pensait que ce n'étaient pas des hommes, parce que...

Encore une fois, il hésita quelque peu, essayant de trouver une bonne façon de s'exprimer. *Oh, la barbe*, se dit-il enfin. *Si ça n'a pas gêné Callista d'en parler à un étranger, il n'y a pas de quoi être embarrassé.*

— Elle savait que ce n'étaient pas des hommes parce qu'aucun d'eux n'avait essayé de la violer. Elle tenait pour certain que n'importe quel homme l'aurait tout simplement fait, ce qui en dit long sur les hommes de votre planète !

— Nous savions déjà que quiconque serait assez vil pour s'attaquer à une *leronis* ne serait pas un ami des Domaines. Je me doutais qu'on l'avait enlevée, non pas comme on enlèverait n'importe quelle femme, pour se venger, ou pour en faire une esclave, mais précisément parce qu'elle était une puissante télépathe. Ils ne pouvaient espérer la forcer à tourner ses pouvoirs de gardienne contre son peuple. Mais en la faisant prisonnière et en lui confisquant sa pierre-étoile, ils savaient qu'elle ne pourrait pas utiliser ses pouvoirs contre eux, non plus. Et les ravisseurs, si c'étaient des hommes, sauraient qu'une gardienne est toujours vierge ; qu'il y a un moyen plus simple, moins dangereux, de la rendre impuissante contre eux. Une gardienne aux mains des ennemis de son peuple ne resterait pas longtemps vierge.

Andrew frémit de dégoût. *C'est charmant, ce monde où ce genre de guerre contre les femmes est considéré comme tout naturel !*

Une fois de plus, Damon suivit sa pensée.

— Oh ! ce n'est pas si facile, Andrew, dit-il avec un petit sourire désabusé. Un homme qui enlève une *leronis* ne s'attaque pas à une victime passive, ni innocente, mais tient sa propre vie entre ses mains, sans parler de sa raison. Callista est une Alton, et si elle frappait avec toute la force de son don, elle pourrait paralyser quelqu'un, peut-être même le tuer. Ça *peut* se faire, ça s'est *fait,* mais le combat est plus égal que vous n'imaginez. Aucun homme sain d'esprit ne lève la main sur une sorcière du Comyn, sauf si elle le désire. Mais pour celui qui craint qu'une gardienne n'utilise ses pouvoirs contre lui, le risque en vaudrait peut-être la peine.

— Enfin, dit Ellemir, on ne l'a pas touchée, dites-vous.

— C'est ce qu'elle m'a dit.

— Alors, reprit Damon, je pense que ma première hypothèse est la bonne. Callista est prisonnière des hommes-chats, et à présent, nous savons pourquoi. J'avais deviné plus tôt, en parlant avec Reidel, que quelque part dans la contrée des ténèbres, quelqu'un fait des expériences avec des matrices non monitorées. Sans doute pour exploiter ses pouvoirs télépathiques en dehors de la tutelle du Comyn et des Sept Domaines. Ce n'est pas la première fois que cela arrive. Mais pour autant que je sache, c'est la première fois qu'une race non humaine l'essaie.

Damon frémit soudainement. Comme un aveugle, il saisit la main d'Ellemir, pour se rassurer au contact de quelque chose de solide et d'affectueux.

Comme si, pensa Andrew, *il était enfermé dans le noir et effrayé comme Callista.*

— Et ils ont réussi ! s'écria Damon. Ils ont rendu la contrée des ténèbres invivable pour les humains ! Ils nous attaquent avec des armes invisibles, et même Leonie n'a pu trouver où ils avaient caché Callista ! Et ils sont forts, que Zandru les attrape avec des scorpions ! Ils sont forts. J'ai été formé à la tour, mais ils m'ont jeté hors de leur niveau, dans une tempête que je n'ai pu terrasser. Ils m'ont maîtrisé comme si j'étais un enfant ! Dieux ! Dieux ! N'y a-t-il donc rien à faire contre eux ? C'est sans espoir !

Il se cacha le visage dans les mains, les épaules secouées de gros frissons. Andrew le regarda, surpris et consterné. Puis, lentement, il posa la main sur l'épaule de Damon.

— Allons, dit-il. Ça n'aide personne. Voyons, vous venez de faire remarquer que Callista possédait encore toutes ses facultés, où qu'elle soit. Et elle peut m'atteindre, *moi*. Peut-être, je dis bien peut-être — je ne vous connais pas, et je ne sais rien de toutes ces choses, mais je connais Callista, et je — je suis très attaché à elle. Il y a peut-être un moyen pour que je la trouve, que je vous aide à la ramener.

Damon releva la tête pour regarder Andrew. Un espoir fou se lisait sur ses traits tirés et pâles.

— Je crois que vous avez raison. Je n'y avais pas pensé. *Vous* pouvez encore atteindre Callista. Je ne comprends pas pourquoi ni comment c'est arrivé, ni comment nous allons nous y prendre, mais c'est notre seul atout. *Vous pouvez atteindre Callista*. Et elle peut venir à vous, alors qu'une autre gardienne ne peut aller à elle et que sa jumelle lui est inaccessible. Ce n'est peut-être pas désespéré, après tout.

Il étreignit la main d'Andrew, et celui-ci sentit que c'était un geste exceptionnel de la part de Damon ; que l'attouchement physique, parmi les télépathes, était réservé aux intimes. Une communication s'établit entre eux, produisant chez Andrew une impression insupportable — il percevait la fatigue et la peur de Damon, le souci qu'il se faisait pour ses jeunes cousines, son inquiétude de n'être pas à la hauteur des événements, sa terreur du surmonde, les doutes profonds et désespérés sur sa virilité...

Momentanément, Andrew fut tenté de rejeter cette

intimité indésirable que Damon, à bout de nerfs, lui avait pour ainsi dire imposée. Mais son regard croisa celui d'Ellemir, et les yeux de la jeune fille ressemblaient tellement à ceux de Callista, suppliants, dépourvus d'hostilité, tellement remplis d'inquiétude pour Damon, qu'il ne put repousser sa prière.

Mais elle l'aime, se dit-il tout d'un coup. *Je le trouve plutôt efféminé, mais elle l'aime, même si elle ne s'en rend pas compte...* C'était la famille de Callista, et il aimait Callista. Pour le meilleur et pour le pire, il était à présent mêlé à cette affaire. *Autant m'y habituer tout de suite,* se dit-il. Une vague d'amitié embarrassée l'envahit, et il passa un bras autour des épaules de Damon et l'étreignit gauchement.

— Ne vous faites pas tant de souci, dit-il. Je ferai tout ce que je pourrai. Et maintenant, asseyez-vous, sinon vous allez tomber. Qu'est-ce qui vous a mis dans un tel état ?

Il soutint Damon qui alla s'affaler sur un banc devant la cheminée. Le contact intolérable s'évanouit, et Andrew se sentit rempli de confusion, presque de désarroi, en repensant à l'intensité de l'émotion qui avait surgi en lui.

C'est un peu comme si j'avais un jeune frère, pensa-t-il avec confusion. *Il n'est pas assez fort pour ça.* L'idée lui vint soudain à l'esprit que Damon était plus âgé que lui et avait beaucoup plus d'expérience dans ces contacts bizarres, et pourtant, il se sentait plus vieux et protecteur.

— Je suis désolé, dit Damon. J'ai passé la nuit dans le surmonde, à chercher Callista. Je... je n'ai pas réussi.

Il poussa un profond soupir de soulagement.

— Mais maintenant, reprit-il, nous savons où elle est, ou du moins comment nous mettre en rapport avec elle. Avec votre aide...

— Je ne connais rien à tout cela, lui rappela Andrew.

— Oh! ça — Damon haussa les épaules, il était complètement épuisé —. Je devrais être plus raisonnable. Je ne suis plus habitué au surmonde. Il faut que je me repose, et j'essaierai une autre fois. Pour le moment, je n'ai plus de forces. Mais quand j'aurai récupéré...

Il se redressa.

— ... ces damnés hommes-chats n'auront qu'à bien se tenir! Je crois savoir, à présent, ce que nous allons faire.

Eh bien, se dit Andrew, il en sait bigrement plus que moi. Mais je pense qu'il sait ce qu'il fait, et ça me suffit pour le moment.

6

DAMON Ridenow se réveilla et paressa un moment dans son lit, le regard fixé au plafond. Le jour baissait. Après la recherche ardue qui avait duré toute la nuit dans le surmonde, et la confrontation avec Andrew Carr, il avait passé la plus grande partie de la journée à dormir. La fatigue avait disparu, mais l'appréhension était toujours là. Le Terrien était leur seul lien avec Callista, et Damon trouvait absolument invraisemblable qu'un homme d'une autre planète pût réaliser ce subtil contact avec une télépathe. Des Terriens, possédant les facultés du *laran* des Comyn ! Impossible !

Et pourtant, *c'était arrivé*.

Il n'avait rien contre Andrew, mais le fait que ce fût un étranger le mettait mal à l'aise. Quant à l'homme lui-même, il avait plutôt tendance à le trouver sympathique, peut-être grâce au rapport mental qui les avait rapprochés, un instant. Dans la caste Comyn, c'était le *laran*, ce don extra-sensoriel particulier, qui influençait les affinités. Le rang et les liens familiaux, par contre, avaient peu de poids. Donc, selon ce critère, le plus important sur Ténébreuse, Andrew Carr était des leurs, et le fait qu'il fût terrien était un détail sans grande portée.

Ellemir, aussi, avait subitement pris une importance nouvelle dans sa vie.

Télépathe, formé à la tour, il savait que le contact des esprits créait une intimité qui surpassait tout le reste. Il avait ressenti cela pour Leonie — de vingt ans son aînée, vouée par la loi à demeurer vierge. Durant les années passées à la tour, et bien longtemps après qu'il en fut parti, il l'avait aimée profondément, sans espoir de réciprocité, avec une dévotion passionnée qui l'avait rendu indifférent aux autres femmes. Si Leonie était au courant de son amour — et elle ne pouvait l'ignorer, étant ce qu'*elle* était — cela ne l'avait jamais affectée. Les gardiennes étaient formées, à l'aide de méthodes incompréhensibles pour le commun des mortels, à être inconscientes de leur beauté et de leur sexualité.

Cette pensée le ramena à Callista — et à Ellemir. Il avait connu Ellemir quand elle était tout enfant. Mais il avait presque vingt ans de plus qu'elle. Les parents de Damon avaient insisté maintes fois pour qu'il se marie, mais la dévotion de sa première jeunesse s'était consumée dans l'ardeur de sa flamme pour l'intouchable Leonie. Après cela, il n'avait jamais cru avoir beaucoup à offrir aux femmes. Après l'intimité qu'il avait connue avec les membres du Cercle de la tour, dont l'esprit et le cœur étaient ouverts à chacun — ils étaient sept à s'être regroupés très étroitement —, un contact plus superficiel lui était devenu intolérable. Renvoyé de la tour, il avait vécu dans une solitude telle que rien ne pouvait la dissiper.

Seul, seul, toute ma vie j'ai été seul. Et je n'avais jamais pensé... Ellemir, ma cousine, une enfant, juste une petite fille...

Il se leva brusquement, se dirigea vers la fenêtre et regarda dans la cour. Ellemir n'était pas si jeune que ça. Elle était assez âgée pour diriger ce vaste domaine quand les hommes de la famille se rendaient au conseil

Comyn. Elle devait avoir une vingtaine d'années. Elle était en âge d'avoir un amant. En âge de se marier, si elle le voulait. Elle avait tous les droits d'une *Comynara*, et était libre de ses actes.

Mais elle est assez jeune pour mériter quelqu'un de mieux que moi, qui suis déchiré par la peur et l'incompétence...

Il se demanda si elle avait pensé à l'éventualité d'une liaison avec lui, si même elle avait eu d'autres amants. Il l'espérait. Si Ellemir l'aimait, il voulait que ce soit un sentiment né d'un choix, de son expérience des hommes. Pas un béguin d'adolescente qui disparaîtrait quand elle rencontrerait d'autres hommes. Il se prit à songer : jumelle d'une gardienne, Ellemir aurait peut-être acquis un peu de l'indifférence à l'égard des hommes, qui avait été conditionnée chez Callista.

De toute façon, c'était une question à laquelle il fallait faire face. Ils ne pouvaient plus ignorer l'affinité, l'émotion presque sexuelle qui existait entre eux. Et il n'y avait, certes, aucune raison de l'ignorer. Cela renforcerait aussi leur aptitude à travailler ensemble durant les événements à venir. Ils s'étaient engagés à retrouver Callista, et cette affinité ne ferait qu'accroître leur force. Après cela... eh bien, peut-être ne pourraient-ils plus jamais se séparer l'un de l'autre.

Damon sourit doucement. Il réalisait qu'il devrait probablement épouser Ellemir. Il n'en était pas mécontent, à moins que l'idée ne déplaise à Ellemir.

Il y pensait toujours en descendant l'escalier pour se rendre à la grande salle. Ellemir était là, et avant même qu'elle ait levé ses yeux graves vers lui, il comprit qu'elle aussi avait réfléchi et pris la même décision. Elle lâcha son ouvrage et alla se blottir sans rien dire dans les bras de Damon qui poussa un profond soupir de soulagement. Ils restèrent debout devant le feu, en silence, les doigts enlacés.

— Cela ne t'ennuie pas, *breda,* dit-il au bout d'un long moment, que j'aie l'âge d'être ton père ?

— Toi ? Oh, non, non ! Non, seulement si tu étais trop vieux pour me donner des enfants, comme c'est arrivé à la pauvre Liriel quand on l'a mariée au vieux Dom Cyril Ardais. *Cela* m'ennuierait vraiment. Mais toi, non, je ne me suis jamais donné la peine de m'inquiéter de ton âge. Je crois que je n'aimerais pas avoir un amant qui ne puisse me donner d'enfants, ajouta-t-elle avec simplicité. Ce serait trop triste.

Damon eut grand-peine à réprimer une cascade de rires inattendue. Il n'avait pas songé à *cela.* Faites confiance à une femme pour penser aux détails importants. L'idée était plaisante, et sa famille serait contente.

— Je crois que nous n'aurons pas besoin de nous en inquiéter quand le moment sera venu, *preciosa,* dit-il.

— Père ne sera pas content, dit Ellemir lentement. Avec Callista à la tour, je crois qu'il espérait que je resterais ici et que je m'occuperais de la maison. Mais j'ai achevé ma dix-neuvième année, et d'après la loi Comyn, je suis libre de faire ce que je veux.

Damon haussa les épaules en pensant au formidable vieillard qu'était le père des deux jeunes filles.

— Je n'ai jamais entendu dire que Dom Esteban ne m'aimait pas, dit-il. Et s'il ne peut supporter de te perdre, peu importe où nous choisirons de vivre. Amour...

Il s'interrompit, brusquement inquiet.

— Pourquoi pleures-tu ?

Elle se blottit encore plus près.

— J'avais toujours pensé, dit-elle d'un air désolé, que quand j'aurais fait mon choix, Callista serait la première à le savoir.

— Vous êtes très proches, Callista et toi, bien-aimée ?

— Pas aussi proches que d'autres jumelles, depuis qu'elle est partie pour la tour et qu'elle doit devenir gardienne. Je savais que nous ne pourrions jamais partager un amant, ou un mari, comme tant de sœurs le font. Et pourtant, je suis bien triste à l'idée que Callista ne connaîtra jamais ce qui a tant d'importance pour moi.

Damon resserra son étreinte.

— Elle l'apprendra, dit-il. Sois-en sûre, elle l'apprendra. Rappelle-toi, nous savons qu'elle est en vie et que quelqu'un peut l'atteindre.

— Tu crois vraiment que ce Terrien, cet Ann'dra, peut nous aider à la retrouver ?

— Je l'espère. Ce ne sera pas facile, mais nous ne nous attendions pas à ce que ça le soit. Maintenant, au moins, nous savons que c'est possible.

— Comment cela ? Il n'est pas des nôtres. Même s'il a quelque talent comparable à notre *laran,* il ne sait pas s'en servir.

— Nous devrons le lui apprendre, dit Damon.

Cela non plus ne serait pas facile. Damon ferma la main sur la pierre-étoile qui pendait à son cou. Mais c'était la seule façon d'agir pour retrouver Callista. Et lui, Damon, devrait diriger les recherches. Mais il le redoutait, par tous les enfers de Zandru, *comme il le redoutait !*

— Jusqu'à hier soir, dit-il calmement afin de redonner confiance à Ellemir, tu ignorais toi-même que tu pouvais utiliser ton *laran.* Et pourtant, tu l'as fait, tu t'en es servi pour me sauver la vie.

Ellemir esquissa un sourire.

— Alors, reprit Damon, pour le moment, profitons de notre bonheur, et n'allons pas le gâter avec nos inquiétudes. En ce qui concerne les lois et les formalités, je pense que Dom Esteban sera bientôt de retour.

En prononçant ces paroles, il sentit une appréhension

le glacer. *Plus tôt que je ne pensais, et ce ne sera un bien pour aucun d'entre nous.* Il se dépêcha de ne plus y penser, espérant qu'Ellemir n'en ait rien perçu.

— Quand ton père arrivera, continua-t-il, nous lui parlerons. En attendant, nous devons enseigner ce que nous pouvons à Andrew. Où est-il ?

— Il dort, je crois. Il était très fatigué, lui aussi. Faut-il que j'envoie quelqu'un le chercher ?

— Je pense que oui. Nous n'avons pas de temps à perdre. Pourtant, maintenant que nous nous sommes trouvés, je préférerais demeurer seul un instant avec toi.

Mais il souriait en disant cela. Ils partageaient déjà tous deux plus qu'il n'avait jamais partagé avec aucune femme. Il n'était pas comme ces adolescents qui se cramponnent à la première fille qui se présente. Ils pouvaient attendre. Brièvement, il saisit une pensée furtive d'Ellemir : *Mais pas trop longtemps.* Cela le réconforta.

— Nous aurons assez de temps, dit-il enfin en la laissant partir. Envoie un domestique le prier de venir, s'il est suffisamment reposé. Et maintenant, j'ai besoin de réfléchir.

Il s'éloigna d'Ellemir et se mit à fixer les flammes bleu-vert qui jaillissaient du bois résineux empilé dans la cheminée.

Andrew Carr était télépathe, et un télépathe potentiellement puissant. Il s'était mis en contact, et avait maintenu le contact, avec une étrangère, quelqu'un avec qui il n'avait aucun lien de consanguinité. Il avait peut-être accès à un endroit du surmonde fermé même à ceux qui avaient été formés à la tour. Cependant, il était entièrement ignorant et semblait peu porté à prêter foi à toutes ces étranges facultés. De tout son cœur, Damon souhaitait que quelqu'un d'autre pût venir initier cet homme. Le réveil de talents extra-sensoriels n'était pas une tâche aisée, même pour ceux qui avaient été entraînés à ce genre d'opération. Et pour une personne d'une autre planète, dont le milieu était inconcevablement différent, l'expérience, sans même la croyance et la confiance pour l'aider, serait probablement difficile et douloureuse. Damon s'était tenu à l'écart de ce genre de contact depuis qu'il avait dû quitter le Cercle de la tour. Ce ne serait pas facile pour lui de s'y remettre, de faire tomber ses barrières pour cet étranger. Malheureusement, il n'y avait personne d'autre pour accomplir cette tâche.

Il fouilla la pièce du regard.

— Y a-t-il du *kirian* ici ?

Le *kirian* était une puissante drogue, extraite du pollen d'une plante rare des montagnes. Il avait le pouvoir, lorsqu'on le prenait en doses soigneusement mesurées, de faire baisser les barrières contre les rapports télépathiques. Damon n'avait pas décidé s'il allait le prendre ou le donner à Andrew. D'une façon ou d'une autre, cela faciliterait le contact. L'entraînement télépathique était généralement conduit par les gardiennes, mais le *kirian* pouvait augmenter provisoirement les facultés extra-sensorielles, même d'un non-télépathe, de façon à rendre le contact possible.

Ellemir hésita.

— Je ne crois pas, répondit-elle. Nous n'en avons plus au moins depuis que Domenic a dépassé la maladie du seuil. Callista n'en a jamais eu besoin, et moi non plus. Je vais chercher, mais j'ai peur que nous n'en ayons pas.

Damon sentit la peur le saisir au ventre. Assisté de la drogue, il lui aurait été possible de supporter la pénible besogne qui consistait à diriger et à contrôler l'éveil du *laran* chez un étranger. L'idée de travailler sans *kirian* était intolérable. Pourtant, si c'était le seul moyen de sauver Callista...

— Tu as la pierre-étoile, dit Ellemir. Tu t'en es servi pour me montrer ce que je devais faire...

— Ma mie, nous sommes du même sang et nous sommes très proches l'un de l'autre. Et pourtant, quand tu as touché le cristal, j'ai cru mourir, dit Damon gravement. Dis-moi. Est-ce que Callista a d'autres cristaux qui n'ont jamais servi ?

S'il pouvait procurer à Andrew une matrice qui n'avait jamais été en harmonie avec qui que ce soit, il pourrait travailler plus facilement avec Andrew.

— Je ne sais pas, dit Ellemir. Elle a beaucoup de choses que je n'ai jamais vues : des objets ayant trait à ses fonctions de gardienne. Je ne lui ai jamais posé de questions là-dessus, bien que je me sois demandé pourquoi elle les avait apportés plutôt que de les laisser à la tour.

— Peut-être est-ce parce que...

Damon hésita : il lui était très difficile de parler du temps qu'il avait passé dans le Cercle de la tour. Cela le rendait nerveux. Et pourtant, il fallait qu'il surmonte cette peur.

— Peut-être parce qu'une *leronis,* ou même un simple matrotechnicien, préfère ne pas se séparer de son matériel. Je ne peux dire pourquoi, mais on se sent mieux quand on l'a sous la main. Je ne me sers pas de ma pierre-étoile, mais je la garde atour du cou : c'est comme si elle faisait partie de moi-même. Il m'est désagréable, douloureux même, de m'en séparer.

— Oh ! Dieux, et Callista..., chuchota Ellemir. Elle a dit à Andrew qu'ils lui avaient pris sa pierre-étoile...

Damon acquiesça gravement.

— Donc, même si elle n'a pas été violée ni battue, elle souffre quand même. *Pourquoi chercher à éviter un peu de douleur et d'angoisse, alors que je peux lui en éviter de biens pires ?* Mène-moi à sa chambre. Il faut que je voie ses affaires.

Ellemir obéit sans poser de question. Quand ils furent dans la chambre qu'elles partageaient, elle lui dit d'une voix inquiète :

— Tu as dit... Ça ne va pas faire de mal à Callista que tu touches ses... ses affaires de gardienne ?

— C'est possible, mais ce ne sera pas pire que ce qu'elle a déjà enduré. De toute façon, c'est notre seule chance.

Mes hommes sont morts parce que j'étais trop lâche pour accepter ma condition : un télépathe qualifié. Si je laisse Callista aux mains de ces monstres pour éviter de me servir de mes dons... alors je ne vaux pas mieux qu'eux et je ne suis pas digne d'Ellemir... mais j'ai peur, mon Dieu, j'ai peur... Bienheureuse Cassilda, mère des Sept Domaines, soutenez-moi...

Sa voix ne trahissait pourtant aucune frayeur quand il reprit la parole.

— Où Callista range-t-elle ses affaires ? demanda-t-il. Je pourrais les différencier des tiennes au toucher, mais je préférerais ne pas perdre mon temps ni mes forces à chercher.

— La table de toilette, là-bas, avec les brosses en argent, lui appartient. Moi j'ai l'autre, avec les foulards brodés, les brosses et les peignes en ivoire.

Damon percevait de l'anxiété et de la peur dans la voix de la jeune fille. Apparemment, elle essayait d'imiter sa manière s'être, calme et détachée. Il fouilla rapidement les tiroirs.

— Rien de très intéressant, dit-il. Un ou deux cristaux, de premier niveau tout au plus, tout juste bons pour nouer des lacets. Tu es sûre que tu n'as jamais vu où elle gardait ses objets importants ?

Mais avant qu'elle n'ait parlé, il savait la réponse.

— Jamais. J'essayais de ne pas... de ne pas faire intrusion dans cette part de sa vie.

— Dommage que je ne sois pas le Terrien, dit

Damon âprement. Je pourrais interroger Callista moi-même.

Il saisit involontairement sa pierre-étoile, la sortit du sac de cuir et de l'enveloppe de soie, et, fermant les yeux, tâcha de percevoir quelque chose. Comme toujours, quand il touchait le cristal froid et lisse, il ressentait une peur étrange. Au bout d'un moment, il se mit à avancer vers le lit de Callista. Le lit était encore défait, les couvertures froissées. Comme si personne, serviteur ou maîtresse, n'avait eu le cœur d'effacer la dernière trace du corps qui avait reposé là. Damon se passa la langue sur les lèvres. Puis il se baissa et glissa la main sous l'oreiller. Il recula vivement et souleva l'oreiller. Là, sur l'élégant drap de lin, se trouvait une petite enveloppe de soie, presque — *presque* — plate. La forme du joyau se dessinait à travers la soie.

— La matrice de Callista, dit-il lentement. Ainsi, les ravisseurs ne l'avaient pas prise.

Ellemir essayait de se rappeler les paroles exactes d'Andrew.

— Il a dit... Callista n'a pas dit qu'on lui avait enlevé sa pierre-étoile, répéta-t-elle avec effort. Elle a dit : « *Ils* ne pourraient que me prendre mes bijoux au cas où ma pierre-étoile serait parmi eux. » Quelque chose comme ça. Alors, la matrice n'a pas bougé depuis ce temps.

— Si je l'avais eue, peut-être que j'aurais pu voir Callista dans le surmonde, songea Damon à voix haute.

Puis il secoua la tête. Personne d'autre que Callista ne pouvait utiliser sa matrice. Cependant, cela expliquait un détail : sans sa matrice, Callista pouvait être maintenue dans l'obscurité. Si elle avait tenu le cristal, il aurait pu la trouver. Il aurait pu concentrer sa propre matrice sur celle de Callista... Hélas, il ne servait à rien d'y penser maintenant. Il tendit la main pour saisir le petit paquet, puis se ravisa.

— Prends-la, dit-il à Ellemir, qui hésita. Tu es sa jumelle. Tes vibrations sont plus semblables aux siennes que les miennes. Tu peux la toucher sans lui faire trop de mal. Même à travers la soie, il y a quelque danger, mais moins de ta part que de quiconque.

Ellemir saisit délicatement la pochette et la glissa dans son corsage. *Pour tout le bien que cela peut faire,* pensa Damon. Callista, avec sa pierre-étoile, aurait pu mieux résister à ses ravisseurs. Ou peut-être pas...

Les hommes-chats. Les hommes-chats, que Zandru les emporte ! Mais comment, et où, les hommes-chats avaient-ils accumulé suffisamment de talent et de puissance pour expérimenter avec des matrices ? *La vérité,* se dit-il, *c'est qu'aucun d'entre nous ne sait la moindre chose des hommes-chats, et que nous avons commis l'erreur grossière de les sous-estimer. Une erreur fatale ? Qui sait ?*

Enfin, la pierre-étoile n'était pas aux mains des non-humains.

Damon et Ellemir descendaient l'escalier, lorsqu'ils entendirent un tumulte dans la cour, le bruit de chevaux au galop, la grosse cloche de la grande entrée. Ellemir haleta et porta la main à son cœur.

— Ce ne peut pas être une autre attaque, dit Damon. Je pense que ce sont des amis ou des parents, sinon on aurait sonné l'alarme. *De plus,* pensa-t-il sombrement, *je n'ai senti aucun avertissement !* Je crois que c'est le seigneur Alton qui est de retour, ajouta-t-il.

Ellemir était surprise.

— J'ai envoyé un message à Père quand je t'ai mandé, expliqua-t-elle. Mais je ne pensais pas qu'il viendrait pendant le conseil Comyn, quel que soit le besoin.

Elle releva sa jupe grise jusqu'aux genoux et dévala l'escalier. Damon la suivit plus lentement.

La chaos régnait dans la cour. Des hommes armés,

couverts de sang, chancelaient sur leurs selles. *Beaucoup trop peu d'hommes,* pensa Damon rapidement, *pour la garde du corps de Dom Esteban !* Deux chevaux étaient attelés à une litière rudimentaire faite de branches d'arbres à feuilles persistantes. Sur la litière se trouvait le corps d'un homme, immobile.

Ellemir s'était arrêtée brusquement sur les marches de la cour, et quand Damon arriva, il fut frappé par la pâleur de la jeune fille. Elle serrait les poings contre ses hanches, et les ongles lui rentraient dans la peau. Damon lui prit doucement le bras, mais elle ne parut pas s'apercevoir qu'il était là, pétrifiée par l'horreur du spectacle. Damon descendit les marches et se mit à examiner les visages tendus et pâles des blessés. *Eduin... Conan... Caradoc... Où est Dom Esteban ? Ils seraient morts plutôt que de le laisser...* Il jeta un coup d'œil à l'homme qui reposait dans la litière et reconnut le profil aquilin, le teint bistré et les cheveux argentés. Ce fut comme un coup dans la poitrine, tellement douloureux qu'il vacilla sous le choc. *Dom Esteban ! Par tous les enfers... quel moment pour perdre le meilleur escrimeur de tous les Domaines !*

Des serviteurs couraient dans toutes les directions, au milieu de la confusion. Deux des hommes couverts de sang étaient descendus de cheval et dételaient la litière avec douceur. Les chevaux détachés se cabrèrent et s'éloignèrent. *L'odeur du sang, ils ne s'y habituent jamais !* Un cri de douleur se fit entendre, et l'occupant de la litière se mit à jurer couramment dans quatre langues.

Pas mort, donc, même très vivant. A quel point est-il blessé ? se demanda Damon.

— Père ! cria Ellemir.

Elle se mit à courir vers la civière. Damon l'attrapa pour l'empêcher de heurter le véhicule. Le flot de jurons se tut, comme un robinet qu'on venait de fermer.

— Callista, enfant...

La voix de Dom Esteban était crispée par la douleur.

— Ellemir, Père, murmura-t-elle.

Les hommes avaient réussi à poser la civière sur le sol, et la guérisseuse s'approcha en écartant la foule de domestiques.

— Reculez, dit-elle d'un ton sévère. Laissez-moi passer, c'est mon affaire.

Elle s'adressa à Ellemir.

— Domna, ce n'est pas votre place, non plus.

Ellemir ignora la femme et s'agenouilla à côté du blessé. Celui-ci esquissa une grimace en guise de sourire.

— Eh bien, *chiya,* me voilà.

Les sourcils broussailleux frémirent.

— J'aurais dû prendre plus d'hommes, cependant.

Damon pouvait voir sur son visage les traces d'une longue lutte contre la douleur, et pire encore. Quelque chose comme de la peur. Bien que, personne n'ayant jamais vu la peur sur le visage d'Esteban-Gabriel-Rafael Lanart, seigneur Alton, personne ne sût à quoi elle ressemblerait sur ce visage sévère et contrôlé...

— Va-t'en maintenant, mon enfant. Les scènes de bataille, le sang, ce n'est pas pour une petite demoiselle. Damon, c'est toi ? Cousin, éloigne donc ma fille.

Et de toute façon, vous ne pouvez pas jurer tant qu'elle est là, pensa Damon qui connaissait les préjugés de fer de Dom Esteban. Et en effet, le vieil homme se mordillait impatiemment les lèvres. Damon posa une main sur l'épaule d'Ellemir, qui ne se laissa emmener que quand la guérisseuse fut venue s'agenouiller à côté du seigneur Alton.

Damon jeta un coup d'œil dans la cour. Dom Esteban n'était apparemment pas le seul blessé. Pas même le plus grièvement meurtri. Deux hommes aidaient un de leurs camarades à descendre de cheval. Ils le portèrent à un banc de pierre au milieu de la cour, où ils l'allongèrent avec précaution. La jambe de l'homme était enveloppée d'un grossier bandage trempé de sang. Damon eut mal au cœur en songeant à ce que le linge couvrait.

Ellemir, toujours pâle, reprenait son sang-froid. Elle donnait des ordres, envoyait chercher de l'eau chaude, du linge pour faire des pansements, des coussins.

— La salle des gardes est trop froide, dit-elle à Dom Cyril, le vieux *coridom* grisonnant. Faites porter les blessés dans la grande salle. Envoyez aussi chercher des lits dans la salle des gardes et faites-les installer promptement. Il sera plus facile de s'y occuper des blessés.

— Une bonne pensée, *vai domna*, répondit le vieil homme.

Il se dirigea d'un pas boitillant vers le chef des gardes — maintenant que Dom Esteban était hors d'état —, le *seconde,* ou officier supérieur de la garde d'Armida. Eduin était son nom. C'était un petit homme noueux, aux épaules larges, avec sur la joue une longue estafilade sanglante qui lui donnait un air farouche. La manche de sa tunique était couverte de déchirures et d'entailles. Damon s'approcha de lui.

— ... invisibles ! l'entendit-il dire. Si, si, je *sais* que c'est impossible, mais je le jure, vous ne pouvez les voir que quand vous les aviez tués, et alors, ils — eh bien —, c'était comme s'ils tombaient du ciel. Je vous assure, monsieur, c'est vrai. Vous les entendiez bouger, vous voyiez les traces qu'ils faisaient en marchant dans la neige, vous les voyiez *saigner,* mais ils n'étaient pas *là !*

Il se mit à trembler. Son visage était couvert d'une pâleur effrayante sous les traînées de sang.

— Sans le Dom *Istvan,* dit-il en prononçant le nom

de Dom Esteban dans son dialecte de montagnard, sans le *vrai dom* Istvan, nous aurions tous été tués.

— Personne ne doute de vous, dit alors Damon en rattrapant l'homme qui semblait sur le point de tomber. Moi aussi, je les ai rencontrés en traversant la contrée des ténèbres. Comment vous en êtes-vous sortis ?

Pas comme moi, qui me suis échappé en laissant mes hommes mourir derrière moi. Son dégoût pour lui-même et pour sa lâcheté refit surface subitement. Il crut suffoquer. Mais il se calma pour se forcer à écouter Eduin.

— Je ne sais pas vraiment. Nous allions au pas, et tout d'un coup, nos chevaux se sont cabrés et ont commencé à s'emballer. Pendant que j'essayais de contrôler le mien, nous avons entendu un... un *hurlement,* et Dom Istvan avait déjà sorti son épée, et il y avait du sang dessus. Un homme-chat s'est... s'est simplement *matérialisé* et est tombé mort. Puis j'ai vu Marco tomber, la gorge ouverte, et Dom Istvan a crié : « Servez-vous de vos oreilles ! » et Caradoc et moi nous sommes mis dos à dos et avons commencé à balayer l'air de nos épées. J'ai entendu une sorte de sifflement, et j'ai poussé une botte dans cette direction. J'ai senti la lame pénétrer dans quelque chose, et subitement, il y avait un homme-chat mort dans la neige, et j'ai... j'ai réussi à dégager ma lame et j'ai continué d'attaquer partout où j'entendais quelque chose. C'était comme une bataille de nuit...

Il ferma les yeux, comme s'il s'était endormi sur place.

— Pourrais-je avoir quelque chose à boire, seigneur Damon ? reprit-il.

Damon parvint à rompre l'étrange torpeur qui le paralysait. Des serviteurs se précipitaient de tous côtés, portant des seaux d'eau chaude, des couvertures, des bandes, des cruches de boissons fumantes. Il fit signe à l'un d'eux, bénissant en son for intérieur la personne qui avait eu le bon sens de faire préparer du *firi*. Il en versa une pleine tasse et la donna à Eduin qui avala l'alcool pur comme il aurait fait d'un verre de vin coupé d'eau à un banquet. L'homme tremblait encore.

— Allez dans la salle, mon vieux. On s'y occupera de vos blessures.

Eduin secoua la tête.

— Je ne vais pas trop mal, mais Caradoc...

Il désigna d'un geste l'homme corpulent à la barbe brune, qui était allongé, les poings serrés, sur le banc de pierre.

— Il est blessé à la jambe.

Eduin se dirigea vers son ami et se pencha sur lui.

— Le seigneur Alton..., murmura Caradoc entre ses dents. Est-il en vie ? Je l'ai entendu crier quand ils l'ont ramassé.

— Il est en vie, le rassura Damon.

Et Eduin porta une tasse de liqueur aux lèvres de Caradoc. Celui-ci but avidement ; Eduin dit à voix basse :

— Il en aura besoin quand on le déplacera. Aidez-moi, *vai dom*. J'ai encore la force de le porter moi-même. Je préfère ça que de laisser les domestiques le faire. Il a pris le coup qui m'était destiné.

Damon aida Eduin le plus doucement possible à soulever la masse volumineuse de Caradoc. Ils escaladèrent ainsi le perron et pénétrèrent dans la grande salle. Caradoc gémissait et marmottait de façon incohérente.

— Dom Esteban se battait les yeux fermés... Il en a tué une douzaine... beaucoup d'entre nous étaient morts, et encore plus d'hommes-chats... les ai entendus s'échapper, peux pas les blâmer, j'avais envie d'en faire autant, mais l'un d'eux l'a eu, il est tombé dans la neige... nous étions sûrs qu'il était mort, jusqu'au moment où il s'est mis à nous injurier...

La tête de Caradoc roula sur sa poitrine, et il s'affaissa, inconscient, entre les deux hommes qui le portaient.

Toujours aidé de Damon, Eduin allongea son camarade sur un lit de camp dans la grande salle et l'enveloppa tendrement d'une couverture chaude. Il refusa les services de Dom Cyril, qui était venu lui porter des pansements et des onguents, alléguant qu'il était à peine égratigné.

— Mais Caradoc va perdre tout son sang et mourir, si personne ne s'occupe de lui immédiatement. Occupez-vous de *lui!* J'ai fait ce que j'ai pu, mais ce n'est pas grand-chose!

— Je vais voir ce que je peux faire, dit Damon, serrant les dents.

Cela lui donnait la nausée, mais comme tous les gardes Comyn qui avaient un poste de commande, si petit fût-il, il avait reçu une formation de secouriste pour le champ de bataille. En fait, il en avait appris plus que beaucoup d'autres, parce qu'il s'était senti obligé de développer un talent particulier pour compenser son incompétence en tant que soldat et escrimeur. Il s'aperçut, du coin de l'œil, qu'Andrew Carr était descendu dans la grande salle et contemplait le spectacle sanglant avec stupéfaction et horreur. Il perçut l'éclair d'une pensée : *Des dagues et des épées ! Qu'est-ce que je suis venu faire dans un endroit pareil ?* Puis il l'ignora complètement.

— La guérisseuse est avec Dom Esteban, mais ceci ne peut attendre. Dom Cyril, aidez-moi avec ces bandes.

Durant l'heure qui suivit, il n'eut pas une minute pour penser à Andrew ou à Callista. Caradoc avait une blessure au mollet et une autre beaucoup plus grave à la cuisse, d'où le sang coulait abondamment, malgré le garrot qu'avait posé Eduin. Arrêter le flot de sang était une opération délicate, et il était impossible de poser un pansement : l'une des artères de l'aine avait été sectionnée. Après une longue lutte, Damon crut avoir enfin arrêté l'hémorragie et alla recoudre la plaie du mollet — c'était un travail peu engageant qui lui donnait toujours mal au cœur — mais au moment où il finissait la suture, le sang se remit à couler de la blessure de l'aine. Damon considéra l'homme. *Un de plus pour ces damnés hommes-chats,* se dit-il. Devant le regard suppliant d'Eduin, il secoua la tête.

— C'est tout ce que je peux faire, *com'ii.* C'est un mauvais endroit.

— Seigneur Damon, vous avez été formé à la tour. J'ai vu la *leronis* guérir de pires blessures avec sa pierre précieuse. Ne pouvez-vous essayer ?

— Oh ! Dieux, murmura Damon. Je n'ai ni l'habileté ni la force... c'est un travail délicat. J'arrêterais peut-être son cœur, je pourrais le tuer.

— Essayez quand même, supplia Eduin. Il mourra de toute façon, dans quelques minutes, si vous n'arrivez pas à arrêter le sang.

Damon avait envie de tempêter. *Non, bon sang, laissez-moi tranquille, j'ai fait ce que j'ai pu !...*

Oui, mais Caradoc ne s'est pas enfui devant les hommes-chats. Il a probablement sauvé la vie d'Esteban. Grâce à lui, Ellemir n'est pas encore orpheline. Est-il encore en vie ? Je n'ai même pas eu une seconde pour voir !

— Je vais essayer, dit-il à contrecœur. Mais n'espérez pas trop. Il y a peu de chance.

D'une main tremblante, il sortit la pierre-étoile. *Voilà qu'il me faut faire le travail d'une sorcière,* pensa-t-il avec amertume. *Leonie l'a dit, si j'avais été une femme, je serais devenu gardienne...*

Il fixa la pierre bleue et parvint avec effort à contrôler les champs magnétiques. Lentement, lentement, il dirigea ses pensées vers le niveau moléculaire, puis plus bas, prudemment, encore plus bas, discernant les globules qui palpitaient, le cœur affolé... *attention, attention*... Momentanément, son esprit se fondit avec celui de l'homme inconscient... un léger remous de peur, de douleur, une faiblesse grandissant avec l'épanchement du liquide précieux... plus bas, encore plus bas, dans les cellules, dans les molécules... l'artère ouverte, affaiblie, le flot de sang, la pression...

De la pression, maintenant, directement sur la veine rompue... de la force télékinésique pour tenir le tout ensemble, ensemble... tisser les cellules, attention, ne pas arrêter le cœur, doucement... Il savait qu'il n'avait pas bougé un muscle, mais il avait l'impression que ses mains étaient *dans* le corps de l'homme et étreignaient l'artère. Il savait que c'était de l'énergie pure qu'il maintenait contre le flot de sang...

Enfin, avec un long soupir, il rompit le contact.

— Je crois que le sang s'est arrêté, chuchota Eduin.

Damon acquiesça.

— Ne le déplacez pas avant une ou deux heures, dit-il d'une voix rauque. Pas avant que la suture ne soit assez solide pour tenir toute seule. Et mettez des sacs de sable autour de lui pour l'empêcher de bouger accidentellement.

Une fois que l'écoulement de sang avait cessé, la blessure était peu de chose.

— Mauvais endroit, mais cela aurait pu être pire. Un pouce de plus de ce côté et il aurait fallu le castrer. Empêchez-le de bouger, à présent, et tout ira bien. Mais enfin, mon vieux, relevez-vous ! Qu'est-ce que vous...

Eduin était tombé à genoux. Il prononça la phrase rituelle.

123

— Je vous dois une vie, *vai dom*...

— Il se peut que tôt ou tard, nous ayons besoin de braves hommes comme vous deux, dit Damon avec brusquerie. Gardez votre vie pour ça ! Et maintenant, bon Dieu, si vous n'allez pas immédiatement vous chercher de la nourriture et vous reposer, je vais vous assommer et m'asseoir sur vous. Allez, *teniente* — c'est un ordre !

— Dom Istvan..., murmura Eduin d'une voix vacillante.

— Je vais m'en occuper. Allez faire soigner votre blessure, ordonna Damon.

Il regarda autour de lui. Ellemir supervisait toujours l'installation des lits et des couvertures pour les blessés, et l'apport de nourriture pour les moins malades. La guérisseuse était encore assise au côté de Dom Esteban. Damon se dirigea lentement vers elle et remarqua, comme si son corps appartenait à quelqu'un d'autre, qu'il titubait en marchant. *Je n'ai plus l'habitude de ce genre de travail, bon sang.*

La guérisseuse entendit la question de Damon et leva la tête.

— Il dort. Il ne répondra à aucune question aujourd'hui. Le coup a manqué les reins d'un cheveu. Mais je pense que les nerfs de la colonne vertébrale sont touchés. Il n'arrive pas à bouger les jambes, pas même un orteil. Cela *pourrait* être le choc, mais j'ai peur que ce ne soit plus sérieux. Quand il se réveillera... ma foi, il sera en parfait état, ou alors il sera mort de la ceinture aux pieds pour le restant de ses jours. Les blessures de la colonne vertébrale ne guérissent pas.

Damon s'éloigna de la guérisseuse dans le plus profond étourdissement et secoua lentement la tête. Pas mort, non. Mais s'il était, en effet, paralysé de la taille aux pieds, autant valait être mort. Dom Esteban aurait probablement préféré l'être. Damon n'enviait pas la personne qui serait chargée d'annoncer au formidable vieillard que le sauvetage de sa fille devrait reposer entre d'autres mains.

Quelles mains ? Les miennes ? Damon réalisa avec stupeur que depuis qu'il savait que Dom Esteban était en vie, il avait espéré que son oncle — qui, après tout, était le père de Callista, son parent le plus proche, donc tenu par l'honneur de venger tout mal ou déshonneur survenu à sa fille — serait capable de prendre la relève pour mener à bien cette mission effrayante. Ce n'était malheureusement pas le cas.

Cela dépendait encore de lui... et du Terrien, Andrew Carr.

Il fit demi-tour résolument et quitta la grande salle pour partir à la recherche d'Andrew.

7

Qu'est-ce que c'est que ce monde ! Des épées, des couteaux, des bandits, des batailles, des enlèvements ! Andrew avait vu les soldats blessés et s'était vite rendu compte qu'il était de trop et que ses hôtes n'avaient pas le temps de s'occuper de lui. Il était retourné à sa chambre. Il se sentait gêné de n'avoir pas offert ses services, mais il y avait tellement de gens qui semblaient savoir quoi faire, qu'il avait décidé qu'il se rendrait plus utile en se tenant à l'écart.

Qu'allait-il se passer, à présent ? D'après les propos des domestiques — la plus grande partie en un dialecte qu'il n'avait suivi qu'avec peine — il avait compris qu'il s'agissait du seigneur de ces terres : le père d'Ellemir. Maintenant que le chef de famille était de retour, est-ce que Damon aurait toujours la charge du sauvetage de Callista ?

Sa pensée le ramenait toujours à Callista. A ce moment précis, il la vit debout devant son lit, comme si ses pensées l'avaient attirée — c'était peut-être le cas : elle semblait croire qu'il y avait entre eux un lien de cette espèce.

— Vous voilà donc sauf, Andrew, sain et sauf. Est-ce que mes parents ont été aimables avec vous ?

— Ils ont été on ne peut plus hospitaliers. Mais si vous pouvez venir dans la maison, pourquoi ne peuvent-ils pas vous voir ?

— J'aimerais tellement le savoir ! Je ne les vois pas, je ne perçois pas leurs pensées. C'est comme si la maison était vide, sans une âme... comme si j'étais un fantôme hantant ma propre maison !

Elle se mit à sangloter.

— Je ne sais pas comment, mais quelqu'un a réussi à me séparer de tous ceux que je connais. J'erre dans le surmonde et je ne vois que des êtres inconnus, flous. Jamais le moindre visage familier. Je me demande si je deviens folle ?...

Andrew fit un effort pour se rappeler les explications de Damon.

— Damon croit que vous êtes prisonnière des hommes-chats. Il semblerait qu'ils aient attaqué d'autres personnes, et qu'ils vous gardent pour vous empêcher d'utiliser vos pouvoirs contre eux.

— Avant que je ne quitte la tour, dit Callista d'un air pensif, Leonie a parlé de troubles imprécis dans la contrée des ténèbres. Elle soupçonnait que quelqu'un manipulait des cristaux non monitorés. Vous êtes terrien... savez-vous ce que j'entends par cristaux ?

— Non, avoua Andrew.

— C'est la science ancienne de notre monde. Les matrices, que nous appelons pierres-étoiles entre nous, peuvent être accordées à l'esprit. Elles amplifient les facultés extra-sensorielles. On peut les utiliser pour modifier les formes d'énergie. Toute matière, toute force, toute énergie ne sont que vibrations. Si l'on change la fréquence d'un élément, on en change la composition.

Andrew acquiesça. Jusque-là, il suivait. Elle semblait vouloir expliquer, sans la formation scientifique de l'Empire terrien, la théorie du champ atomique de la matière et de l'énergie. Elle s'en tirait bien mieux que lui, malgré toutes ses connaissances en physique.

— Et vous savez vous servir de ces pierres ? demanda-t-il.

— Oui. Je suis gardienne. J'ai été formée à la tour. Je suis dirigeante d'un cercle de télépathes qualifiés, et nous utilisons ces pierres pour la transmutation de l'énergie. Toutes les pierres dont nous nous servons sont monitorées d'une tour. Personne n'est autorisé à en avoir une, à moins qu'une gardienne ou qu'un technicien ne l'ait personnellement instruit. De la sorte, nous sommes sûrs qu'un néophyte ne peut faire aucun mal. Les pierres sont extrêmement puissantes, Andrew. Celles de niveau élevé, les plus grosses, pourraient aisément faire sauter cette planète. C'est pourquoi nous avons eu peur en découvrant que, dans la contrée des ténèbres, quelqu'un ou quelque *chose* se servait probablement d'une pierre ou de plusieurs pierres très puissantes, non monitorées.

Andrew essaya de se rappeler les paroles de Damon.

— Il a dit que des hommes l'ont fait auparavant, mais jamais des non-humains.

— Damon a oublié son histoire, dit Callista. Il est bien connu que nos ancêtres ont reçu les pierres-étoiles des *chieri,* qui s'en servaient quand nous n'étions encore que des sauvages, et qui sont arrivés à un tel degré de connaissance et d'intelligence qu'ils n'en ont même plus besoin. Mais les *chieri* se mêlent très peu aux hommes, de nos jours, et peu d'êtres vivants en ont jamais vu. J'aimerais pouvoir en dire autant des hommes-chats, que le diable les emporte !

Elle soupira avec découragement.

— Oh, je suis si lasse, Andrew ! Plût à Evanda que je puisse vous *toucher.* Je crois que je vais perdre la raison. Non, on ne me maltraite pas, mais j'en ai tellement assez de la pierre froide, de l'eau qui suinte.

Et j'ai mal aux yeux d'être dans le noir. Et je n'arrive ni à manger ni à boire : la nourriture et l'eau sont imprégnées de leur puanteur...

Elle se remit à sangloter. Andrew était au désespoir de ne pas être capable de la toucher : il voulait la prendre dans ses bras, la tenir contre lui, sécher ses pleurs. Il voyait le mouvement de sa respiration, les larmes qui coulaient sur ses joues, et pourtant il ne lui était pas même possible d'effleurer seulement le bout de ses doigts.

— Ne pleurez pas, Callista. Nous vous trouverons, Damon et moi, et s'il n'y arrive pas, je le ferai tout seul !

Levant les yeux, subitement, il aperçut Damon sur le pas de la porte, qui le regardait, interdit.

— C'est Callista ?

— J'ai du mal à croire que vous ne la voyez pas, dit Andrew d'un ton incrédule.

Il perçut un contact timide dans son esprit. Cette fois-ci, cela ne le contrarierait pas. Comme ça, Damon saurait qu'il disait la vérité.

— Je n'ai jamais vraiment douté de vous, dit Damon.

— Damon est là ? Damon ! s'écria Callista, un tremblement dans la voix. Vous dites qu'il est là, et je ne le vois pas.

Andrew voyait les efforts désespérés qu'elle faisait pour se ressaisir.

— Dites à Damon qu'il doit trouver ma pierre-étoile. Les hommes-chats ne l'ont pas trouvée. Elle n'était pas sur moi. Dites-lui que je ne la porte pas autour du cou comme lui.

Andrew avait le sentiment désagréable d'être un médium en train de transmettre les messages d'un esprit désincarné. Il frissonna.

Damon porta la main à la lanière qui pendait à son cou.

— J'avais oublié qu'elle le savait. Dites-lui que c'est Ellemir qui l'a, que nous l'avons trouvée sous son oreiller.

Andrew lui rapporta les mots de Damon.

— Cela explique pourquoi... je savais que *quelqu'un* l'avait touchée, mais si c'est Ellemir...

La silhouette devint indistincte, vacilla, comme si elle était épuisée d'être restée si longtemps avec eux, et qu'elle n'avait plus la force d'essayer.

Andrew poussa un cri d'inquiétude.

— Je me sens très faible, murmura-t-elle, comme si j'allais mourir... ou peut-être... surveillez la pierre.

Consterné, Andrew ne pouvait détacher les yeux de l'endroit où Callista se tenait un instant plus tôt. Il décrivit à Damon ce qui venait de se passer. Damon se précipita dans le couloir et appela Ellemir à grands cris.

— Où étais-tu ? demanda-t-il d'un ton impatient, quand elle arriva.

Ellemir le regarda, surprise et mécontente.

— Qu'est-ce qui te prend ? Je me suis occupée des blessés. Mes vêtement étaient trempés de sang. Est-ce que je n'ai pas droit à un bain et à des vêtements propres ? J'ai envoyé les serviteurs eux-mêmes en faire autant.

Comme elle ressemble à Callista, et comme elles sont différentes, pensa Andrew. Il avait beau se raisonner, il ne pouvait s'empêcher de trouver injuste qu'Ellemir soit libre et puisse s'offrir le luxe d'un bain et de nouveaux vêtements, alors que Callista était privée du confort le plus élémentaire.

— Vite, la pierre-étoile, ordonna Damon. Nous verrons si Callista se porte bien.

Il expliqua rapidement à Andrew que quand un télépathe mourait, sa matrice « mourait » aussi, perdait sa couleur et son brillant. Ellemir sortit le cristal et le dégagea délicatement de sa pochette de soie. La pierre vibrait avec autant d'éclat que jamais.

— Elle est épuisée et elle a peur, dit Damon. Mais elle est en bonne santé, sinon la pierre ne brillerait pas ainsi. Andrew! La prochaine fois que vous la verrez, dites-lui qu'elle doit absolument se nourrir, de façon à reprendre des forces pour le moment où nous parviendrons à elle! Je me demande pourquoi elle a tellement insisté pour que nous trouvions sa pierre-étoile?

Andrew tendit la main vers le cristal.

— Vous permettez... ?

— Ce n'est pas très prudent, dit Damon avec hésitation. Personne ne doit toucher le cristal d'un autre.

Puis il se souvint que Callista était gardienne, et que les gardiennes avaient une force telle que, quelquefois, elles pouvaient ajuster leurs vibrations à celles du cristal d'une autre personne. Leonie avait tenu le sien dans ses mains, bien des fois, et ne lui avait pas fait plus de mal que si elle lui avait caressé la joue, alors que le plus léger attouchement d'Ellemir avait été atrocement douloureux. Pendant son initiation à la tour, avant qu'on ne lui ait appris à accorder son propre cristal au rythme de son cerveau, il s'était entraîné avec celui de sa gardienne. A cette époque, le contact entre Leonie et lui était si total qu'ils étaient tous deux grands ouverts l'un à l'autre.

Même maintenant, une simple pensée la ferait venir à moi, se dit-il.

Andrew avait suivi la pensée de Damon. *C'est comme s'il parlait à voix haute. Je me demande s'il s'en rend compte?*

— Si Callista et moi n'étions pas extrêmement proches, je ne crois pas qu'elle viendrait à moi sans arrêt.

Il hésita, peu désireux d'en dire plus. Puis il se rendit

compte que pour le bien de Callista, pour eux tous, il valait mieux ne rien cacher, même les sentiments les plus intimes. Il s'efforça de parler d'une voix égale.

— Je... je l'aime, vous savez. Je ferai tout ce que vous jugerez bon pour elle. Vous en savez plus que moi. Je suis entre vos mains.

Damon se sentit envahi de dégoût. *Cet étranger, cet inconnu... ses pensées profanent une gardienne.* Mais il se raisonna. Andrew n'était pas un étranger. Il ne comprenait pas comment cela s'était produit, mais cet inconnu, ce Terrien, avait le *laran*. Quant à aimer une gardienne, Damon lui-même avait aimé Leonie toute sa vie, et, bien qu'elle n'ai pas répondu à son amour, elle n'avait jamais manifesté le moindre mécontentement, n'avait jamais considéré son désir comme une intrusion. Callista saurait sans aucun doute se garder, si elle le voulait, des émotions de cet étranger.

Andrew était las de voir tout ce qui se passait dans les yeux de Damon.

— Il y a une chose que je ne comprends pas, dit-il. Pourquoi faut-il qu'une gardienne soit vierge ? Est-ce la loi ? Une tradition religieuse ?

— Cela a toujours été ainsi, répondit Ellemir, depuis des temps immémoriaux.

De l'avis d'Andrew, ce n'était certainement pas une raison.

— Je ne sais pas si je peux l'expliquer correctement, dit Damon qui avait senti son insatisfaction. C'est une question d'énergie nerveuse. Les gens n'en ont pas une quantité inépuisable. On apprend à l'utiliser le plus efficacement possible, à se détendre, à sauvegarder sa force. Eh bien, qu'est-ce qui en dépense le plus, chez les humains ? Le sexe, évidemment. On peut se *servir* du sexe, quelquefois, pour canaliser de l'énergie, mais le corps a ses limites. Et quand on est accordé à une matrice — ma foi, il n'y a pas de limite à l'énergie que les matrices peuvent conduire, mais la chair et le sang humains n'en peuvent tolérer qu'une certaine quantité. Pour un homme, c'est assez simple : on ne peut pas abuser du sexe, parce que si on dépasse la mesure d'énergie, on ne peut tout simplement pas fonctionner sexuellement. Les télépathes qui travaillent avec des matrices découvrent très tôt cette règle du jeu : il faut rationner le sexe si on veut conserver suffisamment d'énergie pour travailler. Pour une femme, cependant, il est facile disons de se surcharger. C'est pourquoi la plupart des femmes doivent décider de rester chastes, ou alors, elles doivent être très, très prudentes et ne pas s'associer aux réseaux de matrices qui dépassent les premiers niveaux. Parce que ça peut les tuer, très rapidement, et que ce n'est pas une mort plaisante.

Il se rappela une histoire que Leonie lui avait racontée, au début de sa formation.

— Je vous ai dit plus tôt qu'il n'était pas facile de violer une gardienne, mais que cela pouvait se faire. *Cela se fait.* Il y avait une gardienne, autrefois — c'était une princesse Hastur — et cela se passait pendant l'une de ces guerres, du temps où l'on avait encore le droit de se servir de telles femmes comme de pions. La dame Mirella Hastur avait été enlevée, et ensuite, ses ravisseurs l'avaient jetée aux portes de la ville, croyant qu'une fois déflorée, elle ne pourrait plus les combattre. Les autres gardiennes de la tour ayant été carrément tuées, il ne restait plus personne pour résister aux envahisseurs qui dévastaient Arilinn. Alors, dame Mirella dissimula ce qui lui avait été fait, se rendit aux écrans et combattit durant des heures les forces rassemblées contre Arilinn. Mais à la fin de la bataille, quand les envahisseurs furent tous morts aux portes de la ville, elle revint des écrans et tomba morte aux pieds de son Cercle, consumée comme une torche. La grand-mère de Leonie était alors *rikki* et sous-gardienne. Elle a vu la dame Mirella mourir, et elle a dit que non seulement sa pierre-étoile avait été foudroyée et noircie, mais que ses mains étaient brûlées comme par du feu et que son corps était calciné par les forces qu'elle ne pouvait plus contrôler. Un monument a été érigé à sa mémoire. Nous lui rendons hommage chaque année, la nuit du Festival, mais je crois que c'est surtout un avertissement aux gardiennes qui traitent leurs facultés — ou leur chasteté — à la légère.

C'est peut-être aussi bien que je n'aie pas pu toucher Callista, même un instant, pensa Andrew en frémissant. *Tout de même, je me demande si Damon m'a raconté cette histoire pour m'empêcher d'avoir des vues sur Callista ?*

Damon fit signe à Ellemir.

— Donne-lui la pierre, mon petit. Touchez-la doucement, au début, Andrew. Très doucement. Votre première leçon, ajouta-t-il avec ironie ; ne saisissez jamais une pierre-étoile à pleines mains. Manipulez-la toujours comme si c'était une chose vivante.

Faut-il que je travaille, moi aussi, comme un gardien ? Que je l'instruise, comme Leonie m'a instruit ? Andrew prit le cristal. Il avait perçu l'irritation de Damon et se demandait pourquoi le svelte seigneur Comyn était en colère. Est-ce que tous les télépathes étaient des femmes, et est-ce que Damon pensait qu'être télépathe le diminuait en tant qu'homme ? Non, ce ne pouvait être cela, sinon il n'utiliserait pas l'un de ces cristaux. Mais Andrew sentait qu'il y avait *quelque chose*.

La pierre-étoile était tiède, même à travers la soie. Andrew s'était inconsciemment attendu qu'elle soit semblable à n'importe quel cristal, froide et dure. Il fut surpris de sentir sa chaleur, comme celle d'un être vivant, au creux de sa main.

— Maintenant, dit Damon, retirez la pochette de

soie. Très doucement, très lentement. Ne regardez pas la pierre tout de suite.

Andrew défit l'enveloppe, et Ellemir tressaillit.

— Je l'ai senti, dit-elle à voix basse.

— Couvrez la pierre, Andrew, ordonna Damon rapidement. Est-ce qu'il t'a fait mal quand il l'a touchée ?

Pouvons-nous utiliser Ellemir pour évaluer les réactions de Callista ? se demanda Andrew.

— Ce n'était pas *douloureux,* dit Ellemir en fronçant les sourcils. Seulement... je l'ai *senti.* Comme si une main m'avait touchée. Je ne saurais pas dire où. Ce n'était pas même désagréable. Seulement... disons, intime.

— Ton *laran* se développe, dit Damon d'un air songeur. C'est évident. Cela peut être utile.

Ellemir eut l'air effrayé.

— Damon ! Est-ce... dangereux, pour moi ? Je ne suis pas vierge !

Comment peut-elle être jumelle d'une gardienne et si ignorante ? pensa Damon avec exaspération. Mais il vit que la frayeur de la jeune fille était réelle.

— Non, non, *breda.* Seulement pour les femmes qui travaillent aux niveaux les plus élevés des écrans, ou avec les pierres les plus puissantes. Si tu travaillais trop, ou si tu avais trop fait l'amour, ou si tu étais enceinte, tu pourrais avoir mal à la tête, ou t'évanouir. Rien de plus. Il y a des femmes à la tour qui n'ont pas besoin de mener une existence de gardienne.

Un profond soulagement et un léger embarras apparurent sur le visage d'Ellemir. Ce n'était évidemment pas le genre de choses que les jeunes filles laissent échapper tous les jours en présence d'étrangers. Bien que les tabous sexuels de ce pays soient différents de ceux des Terriens, ils semblaient tout de même être nombreux.

— Ellemir, dit Damon, touche ma pierre-étoile, juste un moment. Doucement... attention.

Il dégagea le cristal en serrant les dents. Andrew, qui le regardait, trouva qu'il avait l'air de se préparer mentalement à un coup bas. Ellemir effleura la pierre du bout du doigt, et Damon poussa seulement un léger soupir.

Ainsi, Ellemir et moi sommes accordés l'un à l'autre, se dit-il. *Ce n'est pas étonnant. Cela arrive toujours avec ce genre d'affinité. Si nous étions encore plus proches, si nous partagions le même lit, elle pourrait peut-être même apprendre à s'en servir. Ma foi, si j'avais besoin d'une bonne raison...* Il se mit à rire, gêné, réalisant qu'une fois de plus, il diffusait ses pensées à la femme qui en était l'objet, et à un homme qui était encore un étranger. Eh bien, ils feraient mieux de s'y habituer tout de suite. Le début allait être difficile.

— Ma foi, dit-il à voix haute (Andrew sentit la tension et la peur dans sa voix), Ellemir peut apparemment toucher ma pierre-étoile sans me faire mal. C'est une bonne chose. Quant à vous, Andrew, je *crois* pouvoir vous harmoniser à la pierre de Callista, sans danger pour elle. C'est un risque à prendre. Vous êtes notre seul lien avec elle. Pour ce que nous allons devoir faire...

Andrew jeta un regard perplexe à Damon.

— Qu'est-ce que nous allons faire, précisément ? demanda-t-il.

— Je ne sais pas vraiment. Je ne peux pas faire de projet défini tant que Dom Esteban n'est pas réveillé. En tant que père de Callista, il a le droit de savoir tout ce que nous préparons.

De plus, pensa Damon sombrement, *à ce moment-là, nous saurons s'il est en état de prendre part à l'opération.*

— Mais, reprit-il, quoi que nous entreprenions,

Callista devra être mise au courant. Et, de toute façon, si elle était blessée, ou tuée...

Ellemir tressaillit, mais il continua.

— ... nous devrions quand même chercher la créature qui agit dans la contrée des ténèbres.

Je ne fais cela que pour Callista, se dit Andrew. *Je ne veux prendre aucune part au reste.* Mais devant l'angoisse de Damon, il ne put répéter sa pensée à voix haute. Damon poussa un long soupir.

— Sortez la pierre. Touchez-la, doucement. Ellemir... ?

— Oui, je l'ai senti.

Andrew tenait le cristal précautionneusement au creux de la main. Il était assis sur une chaise basse près de la fenêtre, et Damon était debout devant lui.

— Je ferais mieux de me prémunir contre ce qui est arrivé la dernière fois, dit Damon.

Il s'assit sur l'épais tapis, les jambes croisées, et attira Ellemir auprès de lui.

Il a peur, se dit Andrew, examinant la visage de Damon. *Est-ce donc dangereux ?*

— Ne vous faites pas d'illusions, répondit Damon à voix haute. Oui, c'est dangereux. Les gens qui utilisent ces facultés sans formation peuvent faire énormément de mal. Je dois vous prévenir que c'est risqué pour vous aussi. Généralement, l'harmonisation d'une personne à une matrice est dirigée par une gardienne. Je ne suis pas gardien.

Leonie a dit que si j'étais né femme, je serais devenu gardienne. Pour la première fois depuis qu'il avait quitté la tour, Damon n'éprouvait plus de mépris, comme à l'habitude, ni de doute sur sa virilité. Cette fois-ci, il ressentait de la gratitude : cela allait peut-être leur sauver la vie.

Andrew se pencha vers lui.

— Damon. Vous savez ce que vous faites, n'est-ce

pas ? Si je n'avais pas confiance en vous, je ne vous aurais jamais laissé commencer tout ça. Acceptons le risque et partons de là.

Damon soupira.

— Vous avez raison. J'aimerais...

J'aimerais avoir le temps d'envoyer chercher Leonie. Mais est-ce qu'elle approuverait ce que je fais — mettre un étranger, un Terrien, en harmonie avec une gardienne ? Même pour sauver la vie de Callista ? Callista était au courant des risques que court une gardienne, même avant de se destiner à la tour. Mais Leonie ne connaît pas ce Terrien comme moi, comme Callista.

Je n'ai rien fait contre la volonté de Leonie. Cependant, elle m'a renvoyé pour que j'use de mon propre jugement, et c'est exactement ce que je vais faire.

— Qu'est-ce que je dois faire, exactement ? demanda Andrew à voix basse. N'oubliez pas que je ne sais rien de ces trucs physiques.

Il promena la main avec hésitation sur la pierre-étoile. Puis, se souvenant du conseil de Damon, il détendit doucement les doigts. *C'est comme si... je dois être aussi prudent que si je tenais la vie de Callista entre mes mains.* Cette pensée le remplit d'une tendresse incidible, et Ellemir leva vers lui ses yeux bleus avec bienveillance. *Elle est plus semblable à Callista que je ne pensais.*

— Je vais pénétrer dans votre esprit, dit Damon. Disons, je vais faire coïncider les ondes de mon cerveau, ou, si vous préférez, le champ de force de mon cerveau avec le vôtre. Et ensuite, je vais essayer d'ajuster les ondes de *votre* cerveau à celles de la pierre de Callista, afin que vous puissiez fonctionner à cette fréquence précise. Cela affermira le contact entre vous deux, et vous pourrez peut-être nous mener à elle.

— Vous ne savez pas où elle est ?

— Je sais dans quelle région elle est. Vous m'avez dit

qu'elle a parlé d'obscurité et d'eau qui suinte. On dirait les grottes de Corresanti. Ce sont les seules grottes qui ne soient pas à plus d'une journée de cheval, et ils n'oseraient jamais la garder à la lumière du soleil. De plus, le village de Corresanti fait partie de la contrée des ténèbres. Mais si votre esprit est en harmonie avec sa pierre-étoile, vous pourrez utiliser celle-ci comme signal lumineux et trouver où, exactement, on l'a cachée. Ensuite, vous n'aurez qu'à nous décrire ce que vous aurez trouvé.

Andrew suivait Damon avec quelque difficulté.

— Je vois que vous êtes expert avec ces cristaux. Comment se fait-il que vous ne puissiez la trouver avec le vôtre et le sien ?

— Il y a deux raisons, expliqua Damon. Premièrement, ses ravisseurs non seulement détiennent son corps, mais aussi ont isolé son esprit à un niveau du surmonde qu'aucun d'entre nous ne peut atteindre. Ne me demandez pas comment. La créature qui fait cela se sert évidemment d'une matrice très puissante.

Le grand chat que j'ai aperçu, se dit-il. *Eh bien, nous lui roussirons les moustaches.*

— Deuxièmement, vous êtes tous deux manifestement très proches, émotionnellement. Alors, votre travail est déjà à moitié fait. Si j'avais un cristal vierge à vous donner, je pourrais simplement y imprimer *votre* fréquence, et vous pourriez nous mener à Callista parce que vous êtes déjà lié à elle. Mais puisque nous devons utiliser la pierre de Callista, qui vibre en harmonie avec *elle,* corps et cerveau, nous devons tenir compte du fait que seulement quelqu'un qui est en profonde amitié avec elle peut l'utiliser sans danger. Si vous n'étiez pas là, j'aurais dû tenter l'expérience avec Ellemir. Mais le fait que Callista puisse arriver directement à vous signifie que vous êtes l'instrument logique.

Il s'arrêta brusquement.

— Je suis encore en train de nous retarder, dit-il. Regardez la pierre.

Andrew se mit à fixer la luminescence bleue du cristal. Au plus profond de la pierre, des volutes de feu s'enroulaient lentement, palpitant comme un cœur qui bat. Le cœur de Callista.

— Ellemir. Il faudra que tu nous monitores tous les deux.

Damon regrettait, d'une manière presque physique, les femmes compétentes de la tour, pour qui cette besogne était une routine, et qui pouvaient se maintenir en contact, presque automatiquement, avec chaque individu d'un cercle de sept ou huit télépathes au travail. Le *laran* d'Ellemir était tout neuf, et elle était très inexpérimentée.

— Si l'un de nous oublie de respirer, ou s'il te semble que nous éprouvons une douleur physique, il faut nous faire revenir.

— Je... j'essaierai.

Elle avait peur.

— Il faut faire plus qu'essayer. Tu as le talent. *Utilise-le,* Ellemir, si tu tiens à la vie de ta sœur. Ou à la mienne. Si tu étais plus experte, tu pourrais intervenir et régler notre respiration et nos pulsations au cas où elles deviendraient irrégulières. Mais je me débrouillerai si tu me ramènes seulement à la surface en cas de problème.

— Ne lui faites pas peur, dit Andrew gentiment. Je suis sûr qu'elle fera de son mieux.

Damon respira profondément et se concentra intensément sur sa pierre. Une vague de peur surgit en lui. *Allons, ce n'est pas la première fois que je le fais. Leonie a dit que j'en étais capable.* Il respira plus calmement, et son cœur se remit à battre paisiblement au rythme de la pierre-étoile. Il commença alors à formuler des instructions à Andrew. *Observez les lumières de la pierre.*

Essayez d'apaiser votre esprit, de sentir votre corps entier vibrer à ce rythme.

Andrew perçut le message. *Suivre la mesure,* se dit-il, en se demandant comment ça marchait. Pouvait-on ainsi changer la vitesse des battements de son cœur ? Après tout, au Médic et au centre Psycho, on lui avait enseigné, sur une machine à biofeedback, à établir des ondes alpha dans son cerveau, pour s'endormir ou se détendre. Ce n'était pas très différent de ce qu'il devait faire à présent. Il s'observa, pendant qu'il tâchait de relâcher ses muscles et de sentir le rythme exact du cristal. *C'est comme si je sentais les battements du cœur de Callista.* Il devint conscient de son propre pouls, du rythme de son sang dans ses tempes, de chaque petit bruit, de chaque petite sensation à l'intérieur de son corps.

Les pulsations de la pierre-étoile s'accélérèrent, et Andrew s'aperçut que ses mouvements internes étaient complètement déphasés. *Si j'appariais les deux rythmes ?* Il se mit à respirer profondément, lentement. Il pouvait au moins essayer de respirer en mesure avec la pierre. *Le rythme de Callista ? Ne pense pas. Concentre-toi.* Enfin, les mouvements de ses poumons et du cristal coïncidèrent... Subitement, pendant quelques secondes, sa respiration faiblit, devint inégale. Puis il sentit un sursaut d'adrénaline le traverser — *Callista ?* — et réalisa qu'Ellemir venait d'inspirer fortement. S'armant de courage, il rétablit progressivement sa respiration. A son grand émerveillement, il s'aperçut alors que les vibrations de la pierre-étoile se calmaient aussi.

A présent, il lui restait à ajuster la cadence de son cœur qui marquait un fort contretemps avec celle de la pierre et de ses poumons. *Concentre-toi. Suis la mesure.* Il avait mal aux yeux, et une vague de nausée le souleva. La pierre tournait... Il ferma les yeux pour combattre le malaise, mais la lumière et les rubans colorés persistaient à travers ses paupières.

Il poussa un gémissement. Le son rompit la concentration et brisa le rythme en mille morceaux. Damon et Ellemir levèrent rapidement la tête avec inquiétude.

— Que se passe-t-il ? demanda Damon doucement.

— ... mal de mer, dit Andrew entre ses dents.

La pièce vacillait autour de lui, lentement, et il tendit la main pour trouver un support. Ellemir était pâle.

Damon se passa la langue sur les lèvres.

— Ça arrive. Bon sang ! Tout cela est trop nouveau pour vous. Si seulement... Aldones ! Si seulement nous avions du *kirian*. Mais puisque nous n'en... Ellemir, tu es sûre qu'il n'y en a pas ?

— Je ne crois vraiment pas.

Je ne me sens pas très bien moi-même, pensa Damon. *Ça ne va pas être facile.*

— Pourquoi est-ce que ça produit un tel effet ? demanda Andrew.

Damon perdait patience. *C'est bien le moment de poser des questions stupides !* Sa colère, se dit Andrew avec incrédulité, ressemblait à une lueur rouge pâle qui cernait son corps.

— La pièce... ça tourne, dit Andrew.

Il se renversa sur sa chaise et ferma les yeux.

Damon fit un effort pour conserver son sang-froid. Ça n'allait pas être facile, même s'ils étaient tous en harmonie totale. S'ils commençaient à se disputer, ce ne serait même pas *possible*. Andrew entreprenait une expérience inattendue et pénible avec des étrangers, et se trouvait en proie au malaise causé par le surmenage de ses centres extra-sensoriels jusqu'à présent inutilisés. Damon ne devait pas s'attendre qu'il demeure calme. Rester maître de soi était strictement sa responsabilité. C'était une fonction de gardienne : maintenir tout le monde en rapport. *Un travail de femme. Enfin, homme ou femme, pour le moment, c'est mon travail.*

Il ralentit sa respiration.

— Je suis désolé, Andrew. Tout le monde passe par là, tôt ou tard. Je suis désolé que ce soit si dur. Je voudrais pouvoir y faire quelque chose. Vous vous sentez mal parce que, premièrement, vous êtes en train d'utiliser une partie de votre cerveau dont vous ne vous servez *pas* habituellement. Deuxièmement, parce que vos yeux et vos centres d'équilibre réagissent aux efforts que vous faites pour amener certains, disons, certaines fonctions automatiques, sous contrôle volontaire. Je ne voulais pas me mettre en colère. Mais il y a un certain degré d'irritabilité physique que je n'arrive pas à bien contrôler, non plus. Essayez de ne rien fixer avec vos yeux, si vous le pouvez, et appuyez-vous à ces coussins. Le malaise va probablement disparaître dans quelques minutes. Faites de votre mieux.

Andrew resta allongé, les yeux fermés, jusqu'à ce que la nausée et le vertige soient partis. *Il fait de son mieux.* Ce qu'il ressentait était semblable aux sensations physiques qu'on éprouve quand on réagit mal à une drogue : une sorte de nausée qui n'était pas assez forte pour le faire vomir, des éclairs de lumière dans les yeux. Enfin, il n'en mourrait pas. Il avait eu des gueules de bois bien pires.

— Ça va mieux, dit-il.

Damon lui jeta un regard surpris et reconnaissant.

— En fait, c'est bon signe que vous soyez malade maintenant, dit-il. Cela signifie qu'il se *passe* quelque chose. Etes-vous prêt à recommencer ?

Andrew fit signe que oui et, cette fois-ci sans instructions, recommença à se concentrer sur le rythme de la matrice. C'était plus facile, à présent. Il se rendit compte qu'il n'avait même plus besoin de fixer le cristal : il sentait les vibrations par le bout des doigts.

Non, ce n'était pas une sensation physique. Il essaya d'identifier exactement la nature de cette sensation quand elle se reproduisit, mais il la perdit immédiatement. Quelle *importance* cela avait-il ? L'essentiel était d'y rester ouvert. Il rétablit le contact — *une partie de mon cerveau que je n'ai jamais utilisée auparavant ?* — et sentit sa respiration se synchroniser avec la pulsation invisible. Peu de temps après, alors qu'il avait l'impression de tâtonner dans le noir, il sentit son cœur décélérer graduellement et finalement battre en mesure.

Il s'escrima dans le noir, pendant un long moment, contre les multiples rythmes transversaux qui semblaient être tantôt à l'intérieur, tantôt à l'extérieur de son corps. A peine avait-il dompté un élément de cet orchestre de percussion, à peine l'avait-il obligé à se soumettre à l'harmonie envahissante, qu'un autre s'échappait et déclenchait un rythme rebelle. Finalement, Andrew dut écouter et analyser soigneusement chaque son, puis, sans trop savoir comment, se concentrer délicatement sur la région où battait le rythme insoumis, le disperser, et l'accorder à la cadence désirée. Au bout d'un très long moment, il parvint à maîtriser chaque motif et fut enfin conscient d'une vibration uniforme, semblable au balancement perpétuel d'une mer sans marée. Son corps et son cerveau, les poussées de son sang, le mouvement incessant des cellules de ses muscles, les pulsations douces et lentes de ses organes génitaux, tout battait en mesure... *Comme si j'étais à l'intérieur du joyau et que je flottais parmi toutes ces petites lumières...*

Andrew... Un murmure des plus délicats, une partie du rythme pénétrant.

Callista ? Ce n'était pas une question. Pas besoin de réponse. *Comme si nous nous tenions enlacés — cela arrivera un jour — dans une obscurité vaste et ondoyante, bercés ainsi que deux jumeaux dans un même sein.* Il était à présent bien en deçà du niveau de la pensée et n'éprouvait qu'une sorte de *conscience* imprécise. Un fragment détaché de son esprit se demanda si c'était cela, être « accordé à l'esprit d'un autre ». Il comprit, sans saisir la réponse comme une quantité distincte, qu'il était en rapport intime avec l'esprit de Callista. Momentanément, il devina aussi la présence d'Ellemir. Sans qu'il l'ait vraiment désiré, il perçut un éclair d'intimité légèrement déroutante. Il se sentit dévoilé, comme nu, dans l'obscurité vibrante, dans un abandon qui ressemblait au rythme frénétique de l'acte sexuel. Il était conscient des deux femmes. Cela semblait complètement naturel, sans surprise ni embarras, comme faisant partie de la réalité. Puis il passa à un nouveau stade de conscience et se rendit compte que son corps était là de nouveau, froid, baigné de sueur. A ce moment-là, il découvrit aussi la présence de Damon : un contact gênant, importun, car il interrompait son intimité avec Callista. Il ne désirait pas être si proche de Damon : ce n'était pas la même chose, cela le troublait. Pendant un instant, il résista et en eut le souffle coupé. Il lui semblait que le cœur qu'il tenait entre ses mains luttait et battait plus fort... Brusquement, il y eut un éclair et une fusion. Il vit le visage de Damon, et il avait l'impression terrifiante de se regarder dans un miroir. Il sentit alors un contact fulgurant, une étreinte, encore un éclair... Puis, subitement, sans transition, il fut à nouveau conscient de son corps, et Callista disparut.

Andrew s'était effondré sur sa chaise, toujours conscient de son état. Mais le pire du malaise était passé. Damon était agenouillé à côté de lui et l'observait avec inquiétude.

— Andrew, ça va ?

— Ça... ça va, souffla Andrew qui éprouvait un embarras tardif. Nom de Dieu, qu'est-ce que...

Ellemir — il réalisa soudain qu'elle lui tenait une main, et que Damon tenait l'autre — lui donna une petite pression des doigts.

— Je n'ai pas pu voir Callista. Mais elle était *là*, un instant. Andrew, je vous demande pardon d'avoir douté de vous.

Andrew était affreusement embarrassé. Il savait parfaitement qu'il n'avait pas bougé de sa chaise, qu'il n'avait touché que le bout des doigts d'Ellemir, que Damon ne l'avait pas même effleuré. Mais il sentait de façon précise qu'il s'était produit quelque chose de très profond, de presque sexuel, entre eux quatre.

— Tout ce que j'ai ressenti, c'était réel jusqu'à quel point ? demanda-t-il.

Damon haussa les épaules.

— Définissez vos termes. Qu'est-ce qui est *réel* ? Tout et rien. Oh, les images !..., dit-il, comprenant enfin l'embarras d'Andrew. C'est donc ça. Je vais essayer de vous l'expliquer. Quand le cerveau — ou l'esprit — éprouve une sensation telle qu'il n'en a *jamais* éprouvée auparavant, il se la représente sous forme d'expérience familière. J'ai perdu contact pendant quelques secondes... mais je suppose que vous avez éprouvé une émotion très forte.

— Oui, admit Andrew d'une voix presque inaudible.

— C'était une émotion inhabituelle, alors votre esprit l'a associée à une sensation familière, mais également forte, qui s'est trouvée être sexuelle. Moi, j'ai l'impression de marcher sur une corde raide sans tomber, puis je trouve un objet auquel m'accrocher, pour me donner confiance. Mais...

Il sourit alors.

— ... beaucoup de gens l'associent au sexe, alors il n'y a pas lieu de s'inquiéter. J'en ai l'habitude, ainsi que toute personne ayant eu à se mettre en *rapport direct* avec d'autres. Chacun a ses images propres, que vous apprendrez vite à reconnaître, tout comme vous reconnaîtrez leurs voix.

— Moi, j'entendais des voix à des hauteurs différentes, murmura Ellemir. Puis elles se sont regroupées en harmonie et se sont mises à chanter comme un chœur immense.

Damon se pencha vers elle et effleura des lèvres la joue d'Ellemir.

— C'était donc ça, la musique que j'entendais ? dit-il avec tendresse.

Andrew réalisa que lui aussi, quelque part dans son esprit, avait entendu un concert de voix. Les images musicales, pensa-t-il ironiquement, étaient certainement moins dangereuses et révélatrices que les images sexuelles. Il jeta un coup d'œil timide à Ellemir tout en sondant ses propres sentiments, et s'aperçut qu'il pensait à deux niveaux à la fois. D'une part, il se sentait proche d'Ellemir, comme s'ils étaient amants depuis longtemps ; une bienveillance complète, un sentiment de sympathie et de protection. D'autre part, plus clairement encore, il se rendait parfaitement compte qu'elle lui était absolument étrangère, qu'il n'avait jamais touché que le bout de ses doigts, et qu'il n'avait aucune intention d'en faire plus. Et cela le remplissait de confusion.

Comment puis-je ressentir cette acceptation *presque sexuelle, et en même temps n'éprouver aucun désir pour elle ? Damon a peut-être raison : je me représente des sensations étranges en termes familiers. Parce que j'éprouve la même intimité et la même acceptation envers* Damon, *et ça, c'est* vraiment *déroutant et gênant.* Le désarroi d'Andrew lui donnait mal à la tête.

— Moi non plus, je n'ai pas vu Callista, dit Damon.

Et je ne me suis pas vraiment senti en contact avec elle, mais j'ai senti qu'Andrew l'était.

Il poussa un soupir d'épuisement, mais son visage était paisible. Il savait cependant que ce n'était qu'un court intermède. Pour le moment, Callista était saine et sauve. Si on lui faisait du mal, Andrew le saurait. Mais combien de temps cela durerait-il ? Si les ravisseurs avaient le moindre soupçon que Callista avait contacté quelqu'un qui pût lui amener de l'aide, eh bien, il y avait un moyen évident de l'arrêter. Andrew ne pourrait plus l'atteindre si elle était morte. Et c'était tellement simple, tellement flagrant, que la gorge de Damon se serra sous l'effet de la panique. Si les hommes-chats suspectaient qu'on vînt à l'aide de Callista, celle-ci pourrait ne pas vivre assez longtemps pour être sauvée.

Pourquoi l'avaient-ils gardée en vie si longtemps ? Encore une fois, Damon dut se rappeler qu'il ne devait pas juger les hommes-chats d'après les critères humains. *Nous ne savons vraiment pas quelles sont leurs motivations.*

Il se leva en vacillant. Il savait à quel point le travail télépathique était astreignant, et qu'ils avaient tous besoin de nourriture, de sommeil et de calme. La nuit était déjà très avancée. L'urgence de la situation le tourmentait. Il se retint de s'effondrer, regarda Ellemir et Andrew. *Maintenant que les choses se sont remises à avancer,* se dit-il, *nous devons être prêts à avancer avec elles. Puisque je dois agir en tant que leur gardien, c'est ma responsabilité de les empêcher de paniquer. Je dois veiller sur eux.*

— Nous avons tous besoin de manger, dit-il, et de dormir. Et nous ne pouvons rien faire jusqu'à ce que nous sachions la gravité de la blessure de Dom Esteban. A présent, tout dépend de lui.

8

QUAND Damon descendit dans la grande salle, le lendemain matin, il trouva Eduin rôdant devant la porte, le visage défait et les traits tirés. Il secoua la tête en réponse à la question de Damon.

— Caradoc se sent assez bien, seigneur Damon. Mais le seigneur Istvan...

C'était tout ce que Damon voulait savoir. Esteban Lanart était réveillé — et ne pouvait toujours pas bouger. C'était donc vrai. Damon avait l'impression qu'il venait de poser le pied sur des sables mouvants. Que faire, maintenant ? *Que faire ?*

Cette responsabilité lui incombait donc. Il réalisa, les mâchoires serrées, qu'il le savait depuis le début. Depuis qu'il avait eu cette prémonition : *Dom Esteban arrivera plus tôt que je ne pensais, et ce ne sera un bien pour aucun d'entre nous.* Il savait déjà que, finalement, ce serait à lui que reviendrait la tâche de retrouver Callista. Il ne savait toujours pas comment, mais il savait en tout cas qu'il ne pouvait pas laisser ce fardeau peser sur les épaules de son parent.

— Est-ce qu'on l'a mis au courant, Eduin ?

Le visage de faucon d'Eduin se contracta en une grimace de compassion.

— . Pensez-vous qu'il faille que quelqu'un le lui *dise*? Ah! il le sait bien.

Et s'il ne le savait pas, il l'apprendrait dès que je paraîtrais devant lui, se dit Damon en poussant la grande porte. Mais Eduin le retint par le bras.

— Ne pouvez-vous faire pour lui ce que vous avez fait pour Caradoc, seigneur Damon?

Damon secoua la tête avec pitié.

— Je ne suis pas un faiseur de miracles. Arrêter le flot de sang n'était rien. Une fois que c'était fait, Caradoc allait guérir facilement. Moi, je n'ai rien guéri. J'ai seulement fait ce que la blessure de Caradoc aurait fait d'elle-même si elle en avait eu le temps. Mais pour Dom Esteban, le nerf de la colonne vertébrale est atteint. Personne au monde n'a le pouvoir de réparer cela.

Eduin cilla.

— C'est ce que je craignais, dit-il. Seigneur Damon! Y a-t-il des nouvelles de dame Callista?

— Nous savons qu'elle va bien, mais il faut se dépêcher de la retrouver. Il faut que j'aille voir Dom Esteban immédiatement pour que nous décidions des mesures à prendre.

Il ouvrit la porte. Ellemir était agenouillée à côté de son père. Les autres blessés avaient apparemment été installés dans la salle des gardes, sauf Caradoc qui était allongé sous des couvertures à l'autre bout de la pièce et dormait à poings fermés. Esteban Lanart était étendu sur le dos, son corps massif immobilisé par des sacs de sable, pour qu'il ne puisse se tourner sur le côté. Ellemir le faisait assez maladroitement manger à la petite cuiller. C'était un homme de grande taille, solidement bâti, au visage hâlé, aux traits fortement aquilins qui caractérisaient son clan, aux favoris et sourcils broussailleux et d'un roux éclatant. Il était visiblement en colère, et quelques grains de gruau dans sa barbe lui enlevaient de sa dignité. Il posa un regard furieux sur Damon.

— Bonjour, mon oncle, dit Damon.

— Bon, dis-tu ! riposta Dom Esteban. Alors que je suis couché comme un arbre frappé par la foudre, et que ma fille — ma fille...

Il brandit le poing avec rage, heurta la cuiller, renversant un peu plus de gruau.

— Enlève-moi cette saleté ! dit-il d'une voix hargneuse. Ce n'est pas mon estomac qui est malade, ma fille !

En voyant l'air blessé d'Ellemir, il se mit à lui tapoter gauchement le bras.

— Je suis désolé, *chiya,* dit-il d'une voix radoucie. J'ai assez de raison pour être en colère. Mais va me chercher quelque chose de plus appétissant à manger, pas de la nourriture de bébé !

Ellemir leva un regard impuissant vers la guérisseuse qui se tenait à quelques pas. Celle-ci haussa les épaules.

— Donne-lui ce qu'il veut, dit Damon, à moins qu'il n'ait de la fièvre.

La jeune fille sortit de la salle, et Damon vint s'asseoir au bord du lit. Il était impossible de croire que Dom Esteban ne pourrait jamais plus se lever. Ce visage rude n'était pas fait pour reposer sur un oreiller, ce corps puissant aurait dû être debout et se déplacer comme d'habitude, de sa démarche vive et martiale.

— Je ne vais pas vous demander comment vous vous sentez, mon oncle, dit Damon. Mais est-ce que vous éprouvez la moindre douleur, maintenant ?

— Presque pas, aussi curieux que cela paraisse. Une simple petite blessure qui me retient allongé ! A peine plus qu'une égratignure. Et pourtant...

Il se mordit les lèvres.

— On m'a dit que je ne pourrais plus marcher.

Ses yeux fouillèrent le regard de Damon, d'un air tellement suppliant que le jeune homme en fut gêné.

— Est-ce vrai ? Ou bien cette femme est-elle aussi stupide qu'elle en a l'air ?

Damon baissa la tête sans répondre. Au bout de quelques secondes, Dom Esteban hocha la tête avec lassitude et résignation.

— Le malheur s'acharne sur notre famille. Coryn, mort à la fleur de l'âge, et Callista, Callista... Je dois donc demander de l'aide, humblement, comme un infirme, à des étrangers. Je n'ai personne de mon sang pour m'aider.

Damon posa un genou à terre.

— Aux dieux ne plaise, dit-il délibérément, que vous ayez à vous adresser à des étrangers. Je revendique ce droit..., beau-père.

Les épais sourcils montèrent presque jusqu'à la ligne des cheveux.

— Ainsi, le vent souffle de ce côté ? dit enfin Dom Esteban. J'avais d'autres projets pour Ellemir, mais...

Il s'interrompit un court instant.

— Je suppose que rien ne va comme on le désire, dans ce monde imparfait. Qu'il en soit donc ainsi. Mais la route ne va pas être facile, même si tu arrives à trouver Callista. Ellemir m'a raconté quelque chose, une histoire confuse concernant Callista et un étranger, un Terrien, qui est parvenu, on ne sait comment, à se mettre en *rapport* avec elle et a offert son épée, ou ses services, ou je ne sais quoi. Il faut qu'il en parle avec toi, bien qu'il me semble bizarre que l'un de ces Terriens soit capable de faire preuve de révérence envers une gardienne.

La fureur l'envahit de nouveau.

— Que ces bêtes aillent au diable ! Damon, que se passe-t-il dans les collines ? Jusqu'à ces dernières saisons, les hommes-chats étaient des êtres timides qui vivaient sur les coteaux, et personne ne leur accordait plus d'esprit qu'au petit peuple des arbres ! Et puis, comme si un mauvais dieu était descendu parmi eux, ils se mettent à nous traiter en ennemis, soulèvent les Villes Sèches contre nous, et il y a même des régions habitées par les nôtres depuis des générations qui sont maintenant enveloppées d'une ombre maléfique. J'ai l'esprit pratique, Damon, et je ne crois pas à la sorcellerie ! Et voilà que les hommes-chats se rendent invisibles, comme des magiciens de contes de fées !

— Ce n'est que trop vrai, j'en ai peur, dit Damon. Je les ai rencontrés en traversant la contrée des ténèbres, et je n'ai réalisé que trop tard que j'aurais pu les rendre visibles avec ma pierre-étoile.

Il porta machinalement la main à sa matrice.

— Ils ont massacré mes hommes. Eduin m'a dit que vous les aviez sauvés, que vous seul aviez anéanti presque tous les assaillants. Comment ?...

Damon se sentait intimidé, soudain. Dom Esteban souleva sa longue main carrée, une main d'escrimeur, et la considéra d'un air perplexe.

— Je ne sais pas vraiment, dit-il lentement, en regardant sa main et en remuant les doigts.

Il tourna la main pour en examiner la paume.

— J'ai dû entendre l'autre épée dans l'air, reprit-il.

Il hésita, et au son de sa voix, on sentait qu'il n'en revenait pas lui-même.

— Mais je ne l'ai pas entendue. Pas avant d'avoir sorti la mienne et de m'être mis en garde.

Il cligna des yeux, perplexe.

— C'est comme ça, quelquefois. Ça m'est déjà arrivé. On se retourne brusquement, on se met en garde, et subitement, il y a une attaque qu'on n'aurait jamais vue venir si on ne s'y était pas préparé.

Il se mit à rire d'une voix rauque.

— Miséricordieuse Avarra! Ecoutez donc ce vieil homme qui fanfaronne!

Il serra le poing. Son bras trembla de fureur.

— Me vanter? Pourquoi pas? Qu'est-ce qu'un invalide peut faire d'autre?

Que le meilleur escrimeur des Sept Domaines soit désormais infirme, c'était vraiment horrible! Pourtant, pensa Damon à contrecœur, ce malheur comportait une certaine justice : Dom Esteban n'avait jamais toléré la moindre faiblesse physique chez les autres. C'était en voulant prouver son courage à son père que Coryn avait escaladé les hauteurs qu'il redoutait, et qu'il s'était tué en tombant...

— Par les enfers de Zandru! dit le vieillard au bout d'un moment. Vu la façon dont mes articulations se sont raidies, ces trois derniers hivers, mes rhumatismes m'auraient cloué au lit dans un un ou deux, de toute manière. Mieux vaut avoir terminé ma carrière sur une bataille sensationnelle.

— On ne l'oubliera pas de si tôt, dit Damon en se détournant, afin que son parent ne puisse voir la pitié dans ses yeux. Bon sang, comme nous aurions besoin de votre épée pour combattre ces damnés hommes-chats!

Dom Esteban rit sans conviction.

— Mon épée? C'est facile — prends-la, et bonne chance, dit-il avec une grimace amère. J'ai peur que tu n'aies à t'en servir toi-même, cependant, puisque je ne peux pas t'accompagner.

Damon avait saisi le mépris derrière les paroles d'Esteban. *Elle n'est pas forgée, l'épée qui fera de toi une fine lame.* Mais il ne ressentit aucune colère. La seule arme qui restât à Dom Esteban était sa langue. Et de toute façon, Damon n'avait jamais prétendu avoir le moindre talent à l'épée.

Ellemir revint avec un plateau bien garni. Elle l'installa à côté du lit et se mit à couper la viande.

— Damon, quels sont tes projets, au juste ? Tu n'as pas l'intention, *toi*, d'aller combattre les hommes-chats ?

— Je ne vois pas d'alternative, beau-père, répondit Damon sans se vexer.

— Mais, Damon, il faudrait une armée pour les vaincre.

— On aura le temps d'y penser l'année prochaine. Pour le moment, il s'agit de leur reprendre Callista, et nous n'avons pas le temps de soulever une armée pour ça. Et puis, cela ne ferait que mettre sa vie en danger. Il faut se hâter. Maintenant que nous savons où elle se trouve...

Dom Esteban le regarda fixement, oubliant de mâcher. Il avala, s'étrangla, fit signe à Ellemir de lui servir à boire.

— Tu le sais. Et d'où le tiens-tu ?

— Le Terrien, expliqua Damon posément. Non, je ne sais pas comment c'est arrivé. Je ne savais pas que des étrangers avaient quelque chose comme notre *laran*. Mais il l'a, et il est en contact avec Callista.

— Je n'en doute pas, dit Esteban. J'en ai rencontré quelques-uns à Thendara lors des négociations pour la construction de la cité du commerce. Ils sont très semblables à nous. J'ai entendu dire que la Terre et Ténébreuse ont une souche commune, et que cela remonte très loin. Cependant, ils quittent rarement la cité. Comment celui-ci est-il arrivé ici ?

— Je vais l'envoyer chercher, dit Ellemir, et il vous racontera lui-même son histoire.

Elle appela un serviteur et lui donna le message. Peu de temps après, Andrew entra dans la grande salle. Il s'inclina devant Dom Esteban, et Damon se dit avec plaisir qu'en tout cas, ces gens-là n'étaient pas des sauvages.

A la prière de Damon, Andrew conta brièvement comment il s'était trouvé en contact avec Callista. Esteban était grave et pensif.

— Je ne peux pas dire que j'approuve tout cela, dit-il. Qu'une gardienne établisse un contact aussi intime avec un étranger qui ne fait même pas partie de sa caste, c'est inouï et scandaleux. Au temps jadis, dans les Domaines, des guerres ont été déclenchées pour moins que cela. Mais les temps changent, qu'on le veuille ou non, et vu le cours des événements, il est peut-être plus important de la sauver des hommes-chats que du déshonneur d'un tel *rapport*.

— Déshonneur ? s'exclama Andrew, rougissant jusqu'à la racine des cheveux. Je ne lui veux pas de mal, et je ne cherche pas à la déshonorer, monsieur. Je ne lui souhaite que du bien, et je suis prêt à risquer ma vie pour la libérer.

— Pourquoi donc ? demanda Esteban d'un ton cassant. Ne vous faites pas d'illusions, jeune homme. Une gardienne est vouée à la virginité.

Damon espérait qu'Andrew aurait le bon sens de ne pas parler de ses sentiments pour Callista. Mais comme il ne lui faisait pas confiance, il décida d'intervenir.

— Dom Esteban, il a déjà risqué sa vie pour se mettre en contact avec elle... Pour un homme de son âge, sans formation, travailler avec une pierre-étoile n'est pas une petite affaire.

Il adressa à Andrew un regard sévère pour le faire taire. Heureusement, trop tourmenté par l'inquiétude ou la douleur, Dom Esteban n'insista pas. Il se tourna vers Damon.

— Tu sais donc où est Callista ?

— Nous avons des raisons de croire qu'elle se trouve

dans les grottes de Corresanti, expliqua Damon, et Andrew peut nous mener à elle.

Dom Esteban renifla avec mépris.

— Il y a beaucoup de campagne entre Armida et Corresanti. La plupart des villages sont en ruine, et ça grouille d'hommes-chats. De plus, c'est à une demi-journée de cheval dans la contrée des ténèbres.

— Nous n'y pouvons rien, dit Damon. Vous êtes arrivé à passer malgré eux, ce qui prouve que cela est possible. En tout cas, tant que j'aurai ma pierre-étoile, ils n'arriveront pas à se rendre invisibles.

Esteban réfléchit, puis hocha la tête.

— J'avais oublié que tu as été formé à la tour. Et le Terrien ? Va-t-il t'accompagner ?

— J'y vais aussi, dit Andrew. Je suis apparemment le seul lien avec Callista. D'ailleurs, je lui ai juré que j'irais la sauver.

— Non, Andrew.

Damon secoua la tête.

— Non, mon ami. Précisément *parce que* vous êtes le seul lien avec Callista, nous ne pouvons pas vous exposer. Si vous étiez tué, nous perdrions sans doute toute trace d'elle, morte ou vivante. Vous resterez à Armida et vous garderez le contact avec moi, à l'aide de la pierre-étoile.

Andrew secoua la tête d'un air obstiné.

— Ecoutez, *j'y vais* aussi. Je suis beaucoup plus fort que vous, et plus résistant que vous ne pensez. J'ai roulé ma bosse sur une demi-douzaine de mondes. Je suis capable de me défendre, Damon. Nom d'un chien, j'en vaux *deux* comme vous !

Damon soupira. *Il a peut-être raison. Il a survécu au blizzard. Je n'aurais jamais pu en faire autant si je m'étais trouvé sur un monde inconnu.*

— Vous avez peut-être raison, dit-il. Comment vous débrouillez-vous à l'épée ?

Surpris, Andrew hésita avant de répondre.

— Je ne sais pas. L'escrime, chez nous, n'est plus qu'un sport. Mais je ne demande pas mieux que d'essayer. J'apprends vite.

Damon haussa les sourcils.

— Ce n'est pas si facile.

Son peuple n'utilise l'épée que pour un sport? Comment se défendent-ils donc? Avec des couteaux, comme les habitants des Villes Sèches, ou avec le poing? Dans ce cas, ils doivent être plus forts que nous. A moins que les Terriens ne soient allés plus loin que le pacte et n'aient interdit toute arme qui tue?

— Eduin! appela-t-il.

Le garde, qui attendait près de la porte, se mit au garde-à-vous.

— *Vai dom?*

— Allez chercher deux épées d'entraînement.

Eduin revint peu de temps après, portant deux épées de bois et de cuir qui servaient à l'initiation des débutants. Damon en saisit une et tendit l'autre au Terrien. Celui-ci examina curieusement le bâton de bois souple dont la pointe et les tranchants étaient recouverts de cuir tressé, et finalement la prit en main d'un geste maladroit. Damon fronça les sourcils.

— Avez-vous jamais touché une épée?

— J'ai fait un peu d'escrime pour m'amuser. Je ne suis pas très bon.

Je le crois sans peine, se dit Damon en attachant son masque de cuir. Il jeta à Andrew un coup d'œil pa-dessus son épaule droite, à travers la grille qui lui protégeait le visage. Les épées d'entraînement étaient assez flexibles pour être inoffensives. Andrew lui faisait carrément face. *La poitrine découverte,* nota-t-il, *et il tient l'épée comme pour donner un coup de tisonnier au feu.*

Andrew fit un pas en avant. Damon leva légèrement

son épée pour parer l'attaque. Andrew en perdit l'équilibre et reçut la pointe de cuir dans la poitrine. Damon baissa son arme en hochant la tête.

— Vous voyez, mon ami ? Et je ne suis même pas un escrimeur. Je ne pourrais pas échanger une demi-douzaine de coups avec un adversaire médiocre. Dom Esteban ou Eduin me feraient sauter l'épée des mains avant que j'aie pu la lever.

— Je suis sûr que je pourrais apprendre, protesta Andrew, entêté.

— Pas assez vite. Croyez-moi, Andrew, j'ai commencé à m'entraîner à l'épée quand je n'avais pas encore huit ans. Vous êtes fort, je le vois bien. Vous êtes même assez rapide. Mais nous ne pourrions jamais vous apprendre comment vous défendre, en une semaine. Et nous n'avons pas une semaine. Ni même une journée. Je suis désolé, Andrew. Nous avons besoin de vous pour quelque chose de plus important.

— Et tu crois que *toi*, tu peux mener un groupe d'hommes contre les hommes-chats ? demanda Dom Esteban d'un air sarcastique. Eduin peut faire avec toi, en quelques secondes, ce que tu as fait au Terrien.

Damon se retourna vers le blessé. Esteban avait fait remporter le plateau, et il regardait les personnes présentes à tour de rôle, avec une lueur de colère dans les yeux.

— Sois raisonnable, Damon. Je t'ai laissé dans la garde parce que les hommes t'aimaient bien et que tu as le sens de l'organisation. Mais ceci est l'affaire d'un escrimeur de première classe. Es-tu aveugle au point de croire que tu es capable de vaincre ces êtres qui ont assailli la garde d'Armida et enlevé Callista ? Est-ce que je marie ma fille à un imbécile ?

— Père, comment osez-vous ! s'écria Ellemir, furieuse. Vous ne pouvez pas parler à Damon de la sorte !

Damon lui fit signe de se calmer. Il fit face au vieil homme.

— Je le sais bien, mon oncle. Je connais probablement mes propres faiblesses mieux que vous. Mais on ne peut pas demander l'impossible, et, de toute façon, c'est mon droit : je suis à présent le parent le plus proche de Callista, si l'on ne tient pas compte de Domenic qui n'a pas encore dix-sept ans.

Esteban fit une grimace.

— Très bien, mon fils. J'admire ton cran. Je voudrais que ton habileté soit à la mesure de ton caractère.

Il leva les poings et les abattit sur les coussins avec rage.

— Par les enfers de Zandru ! Me voilà, diminué et inutile comme l'âne de Durraman, et toute mon adresse, toute ma connaissance...

Sa fureur tomba tout d'un coup.

— Si j'avais le temps de t'entraîner, reprit-il enfin, d'une voix plus faible, tu n'es pas un incapable... mais nous n'avons pas le temps, pas le temps. Tu dis qu'avec ta pierre-étoile, tu peux défaire leur damnée invisibilité ?

Damon acquiesça. Eduin avança alors jusqu'au lit et s'agenouilla.

— Seigneur Istvan, je dois une vie au seigneur Damon. Permettez-moi de l'accompagner à Corresanti.

— Vous êtes blessé, mon vieux, dit Damon, profondément touché. Et vous avez déjà eu à vous battre une fois.

— Quand même, protesta Eduin. Vous avez dit que j'étais meilleur bretteur que vous. Laissez-moi vous garder, seigneur Damon. Vous devez porter la pierre-étoile.

— Miséricordieuse Avarra ! souffla Dom Esteban. *Voilà* la solution !

— J'accepte volontiers votre compagnie et votre

épée, si vous vous sentez assez fort, dit Damon en posant une main sur l'épaule d'Eduin.

Il était dans un état de sensibilité telle que le flot de dévouement et de gratitude qu'il percevait en l'homme le décontenançait.

— Mais vous devez vos services à Dom Esteban. C'est à lui de vous donner la permission de m'accompagner.

Ils se tournèrent vers Esteban. Il avait les yeux fermés, et Damon se demanda si cette conversation l'avait fatigué. Mais en voyant ses sourcils froncés, il comprit que le blessé était plongé dans une profonde réflexion. C'est alors qu'Esteban rouvrit les yeux.

— Dis-moi donc, Damon, demanda-t-il. Sais-tu bien te servir de ta pierre-étoile ? Je sais que tu as le *laran* et que tu as passé plusieurs années à la tour. Mais est-ce que Leonie ne t'a pas renvoyé ? Si c'était pour une raison d'incompétence, mon idée ne marchera pas, mais...

— Ce n'était pas pour incompétence, dit Damon paisiblement. Leonie ne s'est pas plainte de mon travail. Elle a dit que j'étais trop sensible, et qu'elle avait peur que ma santé n'en souffre.

— Regarde-moi dans les yeux, Damon. Est-ce la vérité ou de la vanité ?

Il y avait des moments où Damon détestait positivement cet homme dépourvu de délicatesse.

— Si je me souviens bien, dit-il en soutenant le regard d'Esteban sans fléchir, *vous* avez assez de *laran* pour le découvrir vous-même.

Dom Esteban eut à nouveau un sourire sans joie.

— Je ne sais comment, ni où tu as trouvé suffisamment de caractère pour me tenir tête, cousin, mais c'est bon signe. Quand tu étais adolescent, tu avais peur de moi. Est-ce seulement parce que je ne vais jamais plus me lever que tu as le courage de me faire face ?

Il fixa à son tour les yeux de Damon — un contact rude comme sa poigne solide.

— Je te demande pardon d'avoir douté de toi, cousin, mais ceci est trop important pour que j'épargne les sentiments de qui que ce soit, même les miens. Penses-tu que je me réjouisse à l'idée qu'un autre va devoir aller au secours de ma fille préférée ? Enfin. Je vois que tu es doué. Connais-tu l'histoire de Regis V ? Les Hastur régnaient en ce temps-là. C'était avant que la couronne ne passe dans la lignée des Elhalyn.

Damon fronça les sourcils, tâchant de se rappeler les vieilles légendes.

— Regis V... n'avait-il pas perdu une jambe à la bataille du col du Dammerung... ?

— Non, dit Dom Esteban. Il avait perdu une jambe parce qu'on l'avait trahi et que des assassins l'avaient attaqué pendant son sommeil. Afin qu'il ne puisse plus se battre en duel et qu'il perde ainsi une bonne moitié des terres Hastur. Il envoya à sa place son frère Rafael, qui était une sorte de moine et n'avait aucune expérience en matière de duels, et qui pourtant se battit contre sept hommes et les tua tous. Depuis ce jour, le château Hastur est aux mains des Hastur en bordure des montagnes. Et cela, Rafael avait pu le faire, parce que Regis, encore immobilisé, avait pu guider ses gestes depuis son lit, grâce à la matrice qu'il avait encastrée dans l'épée et qui les maintenait en contact.

— Un conte de fées, dit Damon.

Malgré tout, il sentait une étrange picotement dans le dos. Dom Esteban secoua la tête, autant que les sacs de sable le lui permettaient.

— Sur l'honneur du domaine Alton, Damon, protesta-t-il avec véhémence, ce n'est pas un conte de fées. Ce talent était connu depuis longtemps, mais de nos jours, peu de Comyn ont la force ou le courage de le faire. A présent, ce sont les femmes qui manient les pierres-étoiles. Pourtant, si j'étais sûr que tu as le talent de nos ancêtres avec une matrice...

Damon comprit avec effarement où Dom Esteban voulait en venir.

— Mais...

— Tu as peur ? Crois-tu que tu pourrais supporter le contact du don Alton ? Si cela te rendait capable de te battre contre les hommes-chats, avec mon adresse ?

Damon ferma les yeux.

— J'ai besoin d'y réfléchir, dit-il honnêtement. Ce ne serait pas facile.

Pourtant... si c'était le seul moyen de sauver Callista ?

Dom Esteban était le seul homme au monde capable de passer à travers une embuscade d'hommes-chats. Damon s'était échappé comme un lapin en laissant mourir ses gardes. Il fallait qu'il prenne sa décision tout seul. Pendant un moment, personne n'exista plus dans la pièce, que Dom Esteban et lui.

Il s'approcha du lit et regarda l'homme prostré.

— Si je refuse, mon oncle, ce n'est pas que j'aie peur. Seulement, je ne suis pas sûr que vous ayez la force d'entreprendre une chose pareille dans votre état. Je ne savais pas que le don Alton s'était reproduit en vous dans toute son intégrité.

— Oh ! oui, je l'ai, dit Esteban, le fixant avec une intensité effrayante. Mais toute ma vie, je n'ai jamais cru avoir besoin d'autre don que ma force physique et mon adresse aux armes. Pourquoi crois-tu que Callista a été choisie parmi toutes les filles des Domaines pour devenir gardienne ? Le don Alton est la faculté d'établir un rapport de force, et j'ai reçu quelque entraînement dans ma jeunesse. Mets-moi à l'épreuve si tu veux.

Ellemir vint glisser sa main dans celle de Damon.

— Père, protesta-t-elle, vous ne pouvez pas faire une chose pareille, c'est épouvantable !

— Epouvantable ? Pourquoi donc, ma fille ?

— Cela va à l'encontre de la loi la plus sévère du Comyn : personne ne doit dominer l'esprit et l'âme d'un autre.

— Et qui parle de son esprit et de son âme ? demanda le vieil homme, ses sourcils broussailleux se soulevant comme deux grosses chenilles. C'est son bras et ses réflexes qui m'intéressent, et je *peux* les dominer. Et je ne le ferai que de son plein gré.

Il essaya de tendre la main vers Damon, grimaça de douleur et se renversa entre les sacs de sable.

— A toi de décider, Damon.

Andrew était pâle et inquiet. Damon ne se sentait guère plus rassuré, et la main d'Ellemir tremblait dans la sienne.

— Si c'est le meilleur moyen d'arriver à Callista, dit-il lentement, j'accepterai plus encore. Si vous vous sentez assez fort, seigneur Esteban.

— Si mes sacrées jambes pouvaient seulement bouger !... Je me suis *battu* avec de pires blessures. Prends une épée d'entraînement. Eduin, prends l'autre.

Damon enfila le masque, tourna son côté droit vers Eduin. Le garde salua. Il lui faisait face, les pieds écartés, la pointe de son épée au sol. Damon sentit la peur l'envahir.

Ce n'est pas qu'Eduin puisse me faire bien mal avec cette épée de bois, ni que je redoute quelques bleus et bosses. Mais cet odieux bonhomme m'a toujours harcelé sur mon manque d'adresse. Me ridiculiser devant Ellemir... lui permettre de m'humilier une fois de plus...

— Ta pierre-étoile est recouverte, Damon, dit Esteban d'une voix étrange et distante. Découvre-la.

Damon retira les étuis de cuir et de soie et laissa la gemme nue, tiède et pesante, reposer sur sa gorge. Il donna la pochette à Ellemir, et le frôlement des doigts de la jeune fille contre les siens le rassura.

— Recule-toi, Ellemir, dit Esteban. Vous aussi, Terrien. Tenez-vous près de la porte, et veillez à ce qu'aucun serviteur n'entre. Ils ne peuvent pas faire grand mal avec ces épées d'entraînement, mais quand même...

Ellemir et Andrew se retirèrent. Les deux hommes s'affrontèrent, épées en main, se contournant lentement. Damon était légèrement conscient du contact d'acier de Dom Esteban — *qu'est-ce que j'ai dit à Andrew, qu'on apprend à reconnaître les gens à leur image, comme on reconnaît leur voix ?* — et sentait un curieux bourdonnement dans ses oreilles, comme une forte pression. Il vit l'épée d'Eduin se diriger vers lui. Avant qu'il ait pu réaliser ce qu'il faisait, il fléchit les genoux, et son bras se détendit pour une riposte foudroyante. L'épée tournoya, Damon entendit le claquement rapide du bois contre le cuir, et il assista alors à une série d'images toutes plus inattendues les unes que les autres : le visage interdit d'Eduin, avec sa cicatrice encore fraîche ; l'air stupéfait d'Andrew ; son propre bras s'élevant, alors qu'il faisait un pas en arrière et feintait ; l'épée s'échappant de la main du garde, voltigeant à travers la pièce et atterrissant presque aux pieds du Terrien. Celui-ci se baissa pour la ramasser. Dans la tête de Damon, le bourdonnement cessa.

— Me crois-tu, à présent, cousin ? As-tu jamais été capable de toucher Eduin auparavant, seulement même de le désarmer ?

Damon réalisa qu'il était essoufflé et que son cœur battait la chamade. *Je ne me suis jamais déplacé à une telle rapidité,* pensa-t-il, et il ne put s'empêcher de ressentir un mélange de peur et de rancune. *La main d'un autre, l'esprit d'un autre... qui contrôlent... qui contrôlent mon corps...*

Pourtant, pour rendre à ces maudits félins la monnaie de leur pièce, Dom Esteban était le seul homme capable de mener l'attaque. Et il savait qu'Esteban l'aurait fait s'il l'avait pu.

Damon ne tenait pas particulièrement à être un homme d'épée. Ce n'était pas son fort. Pourtant, il avait un compte à régler avec les hommes-chats. Ses hommes comptaient sur lui, et il les avait laissés mourir. Et Reidel était son ami. S'il pouvait anéantir ses monstres avec l'aide de Dom Esteban, avait-il le droit de refuser ?

Esteban était calmement allongé, pliant et dépliant les doigts d'un air pensif. Il garda le silence, puis il lança à Damon un regard triomphant.

Il est ravi, que le diable l'emporte ! Mais après tout, pourquoi ne le serait-il pas ? Il vient de se prouver qu'il n'est pas complètement inutile.

Damon posa l'épée. A travers le cristal nu, il captait les bribes de sensations diverses : l'émerveillement, presque la terreur d'Eduin, la stupéfaction d'Andrew, le désarroi d'Ellemir. Il essaya de les repousser toutes, et se rapprocha du lit.

— J'accepte, cousin, dit-il d'une voix assurée. Quand commençons-nous ?

9

ILS se mirent en route le même jour vers midi. Andrew, perché sur le toit d'Armida, les regardait partir. Ellemir était avec lui, enveloppée jusqu'aux oreilles d'un épais châle en tartan vert et bleu.

— Ils ne sont pas assez nombreux pour aller combattre une armée de non-humains, dit Andrew.

Ellemir secoua la tête.

— Ce n'est pas la force physique qui va les faire passer, dit-elle d'une voix étrangement distante. Damon porte la seule arme qui importe : la pierre-étoile.

— Il me semble pourtant qu'il va avoir à en découdre. Ou plutôt, votre père.

— Pas vraiment. Cela va seulement lui éviter de se faire tuer, s'il a de la chance. Mais des gens armés ont déjà essayé, en vain, de pénétrer dans la contrée des ténèbres. Les hommes-chats le savent. Je suis sûre qu'ils ont enlevé Callista dans l'espoir de se saisir de sa pierre-étoile. Ils ont dû découvrir qu'elle était ici — en général, il est facile à un télépathe d'en espionner un autre — et devaient espérer lui voler sa matrice. Peut-être même espéraient-ils la forcer à l'utiliser contre nous. Des humains auraient su... ils auraient su qu'une gardienne préférerait mourir. Mais il semble que les hommes-chats commencent seulement à apprendre à se servir de ce genre de choses. C'est pourquoi il y a encore un peu d'espoir.

Andrew se dit sombrement que c'était heureux. Si les hommes-chats avaient mieux connu les gardiennes, ils n'auraient pas enlevé Callista. Ils lui auraient coupé la gorge dans son lit. Andrew put voir à l'expression horrifiée d'Ellemir qu'elle avait suivi sa pensée.

— Damon se sent coupable de s'être enfui en laissant massacrer ses hommes, dit-elle. Mais c'était la seule chose à faire. S'ils l'avaient capturé vivant, *avec sa matrice...*

— Je pensais que personne ne pouvait utiliser la matrice d'un autre, sauf dans des circonstances extraordinaires.

— Pas sans faire beaucoup de mal à son propriétaire. Mais vous croyez que les hommes-chats hésiteraient à le faire ? demanda-t-elle avec mépris.

J'aurais dû aller avec eux, pensa Andrew avec amertume. *C'était à moi de sauver Callista. Au lieu de ça, je dois rester à Armida, aussi inutile que Dom Esteban. Plus. Lui, il va se battre avec eux.*

Il avait insisté pour faire partie de l'expédition. Il avait cru jusqu'à la dernière minute qu'ils auraient besoin qu'il les mène à Callista, au moins quand ils pénétreraient dans les grottes. Après tout, il était le seul à pouvoir l'atteindre. Même Damon, avec sa pierre-étoile, en était incapable. Mais Damon avait refusé catégoriquement.

— Andrew, non, c'est impossible. La meilleure escorte ne pourrait vous protéger d'une mort accidentelle. Vous êtes incapable de vous défendre, encore moins d'aider quelqu'un. Ce n'est pas votre faute, mon ami, mais nous devons utiliser votre énergie pour entrer dans les grottes et en sortir Callista. La moindre minute que nous prendrions pour vous défendre pourrait tout faire manquer. Et — je vous le rappelle — si nous sommes tués... (il se mordit les lèvres) quelqu'un d'autre peut recommencer. Si c'est *vous* qui êtes tué, Callista mourra dans sa grotte, de faim, de mauvais traitements, ou d'un coup de couteau dans la gorge, quand ils découvriront qu'elle ne peut leur servir à rien.

Damon avait posé la main sur l'épaule d'Andrew avec pitié.

— Croyez-moi, Andrew, je sais ce que vous ressentez. Mais c'est le seul moyen.

— Et comment allez-vous la trouver sans moi ? Vous ne le pouvez pas, même avec votre pierre. Vous-même l'avez dit !

— Avec la pierre de Callista. *Vous,* vous avez accès au surmonde. Et vous pouvez me joindre, aussi. Une fois que je serai dans les grottes, vous pourrez nous mener à elle à l'aide de sa matrice.

Andrew ne savait pas vraiment comment il allait s'y prendre. En dépit de la séance de la veille, il n'avait qu'un semblant d'idée de la façon dont cela marchait. Il l'avait *vu* marcher, il l'avait *senti* marcher. Mais vingt-huit ans de non-croyance dans ce domaine ne s'effaçaient pas en vingt-huit heures.

A côté de lui, accoudée à la balustrade, Ellemir frissonna.

— Ils ont disparu. Il est inutile de rester ici par ce froid.

Elle fit demi-tour et ouvrit la porte du couloir supérieur d'Armida. Lentement, Andrew la suivit.

Il savait que Damon avait raison — ou plus précisément, il avait confiance en Damon — mais cela le tourmentait malgré tout. Depuis plusieurs jours, depuis le moment où il avait décidé que s'il survivait au blizzard, il trouverait Callista et la libérerait, il avait nourri l'espoir de trouver Callista, seule dans le noir, de l'enlever dans ses bras et de la ramener chez elle... *Quel rêve romanesque stupide,* pensa-t-il âprement. *Et où est le cheval blanc qui doit l'emporter ?*

Il ne s'était jamais imaginé un monde où l'on pouvait prendre l'épée au sérieux. Pour lui, une épée était un objet à admirer sur les murs d'un musée, ou destiné à faire faire un peu d'exercice. Il aurait voulu avoir une arme à feu ou à rayons — cela, au moins, règlerait rapidement son compte à un homme-chat. Il en avait parlé à Damon qui l'avait contemplé d'un air horrifié, comme s'il venait de parler de viol collectif, de cannibalisme et de génocide, et qui avait ensuite fait mention de quelque chose qui s'appelait le pacte. Effectivement, avant de signer le contrat avec l'Empire terrien sur Cottman IV, Andrew avait vaguement *remarqué* qu'on y parlait d'une Entente. Il n'y avait pas fait très attention ; on n'accorde jamais trop d'attention à ces détails techniques des cultures autochtones. Mais d'après ce qu'il avait compris, elle interdisait l'usage de toute arme mortelle qui frappait à distance. Damon avait dit que sur Ténébreuse — c'était apparemment le nom de la planète — on respectait cette Entente depuis des centaines ou des milliers d'années. L'emploi des armes à feu hors de question, l'escrime était devenue un art raffiné.

Pas étonnant qu'ils commencent à entraîner leurs enfants alors qu'ils portent encore des culottes courtes. Il se demanda si, avec le climat épouvantable de cette planète, les enfants portaient jamais des culottes courtes, puis haussa les épaules avec impatience. Il se rendit à la chambre que ses hôtes avaient mise à sa disposition, et se dirigea vers la fenêtre. Il déplaça le rideau pour essayer d'apercevoir la petite troupe de Damon, mais le groupe avait déjà dépassé le sommet de la colline.

Andrew s'allongea sur son lit, les mains sous la

nuque. Il faudrait bien qu'il aille tôt ou tard dire quelques mots polis à Dom Esteban. Il ne raffolait pas du vieil homme : celui-ci avait fait de son mieux pour humilier Damon. Enfin, il était impotent, et c'était son hôte. De plus, il sentait qu'il devrait aller tenir compagnie à Ellemir. Il ne savait que lui dire, car il était conscient du tourment qu'elle éprouvait pour Callista, Damon et son père. Mais s'il pouvait se rendre utile, s'il pouvait lui faire savoir qu'il partageait son anxiété, il devait le faire.

Callista, Callista, pensa-t-il, *dans quel monde m'avez-vous amené...* Cependant, il éprouvait un curieux sentiment d'acceptation envers ce qui l'attendait.

La pierre-étoile de Callista qui pendait à son cou dégageait une chaleur rassurante, comme une créature vivante. *C'est comme si je touchais Callista elle-même,* se dit-il. Même à travers la soie, il sentait une sorte d'intimité dans l'attouchement contre sa gorge. Il se demanda où elle était et si elle allait bien.

Damon a l'air de penser que je pourrais l'atteindre à l'aide de la matrice, pensa-t-il. Il sortit la pierre de sa chemise. Doucement, se rappelant le conseil de Damon, il retira la pochette de soie avec une infinie précaution et une certaine hésitation. *C'est un peu comme si je déshabillais Callista,* se dit-il avec un embarras mêlé de tendresse. En même temps, à l'inconvenance de sa pensée, il faillit partir d'un fou rire nerveux.

Alors qu'il tenait délicatement le cristal au creux de ses mains, elle apparut subitement près de lui. Elle était allongée sur le côté, dans une étrange lumière bleuâtre qui ne ressemblait en rien à la lumière rouge de la pièce, son adorable chevelure emmêlée et le visage gonflé et barbouillé de larmes.

Sans manifester la moindre surprise, elle ouvrit les yeux et le regarda.

— Andrew ? dit-elle avec un doux sourire. Je me demandais pourquoi vous n'étiez pas venu plus tôt.

— Damon est parti, il est allé vous chercher.

La rancune refit surface. Qu'il ne soit pas avec eux, qu'il ne puisse pas, *lui*, la trouver...! Il essaya de dissimuler sa pensée, mais se rendit compte, trop tard, qu'il était impossible de cacher quoi que ce soit, lors d'un contact aussi intime.

— Vous ne devez pas être jaloux de Damon, dit-elle tendrement. Il a été un frère pour moi, depuis notre enfance.

Andrew se sentit honteux. *Ce n'est pas la peine de prétendre que je ne suis pas jaloux. Il va falloir que j'apprenne à ne pas éprouver de tels sentiments.* Il essaya de se rappeler combien il ressentait de sympathie pour Damon ; qu'il s'était rapproché de lui pendant un instant, et surtout, qu'il lui était reconnaissant de faire ce que lui, Andrew, ne pouvait faire. Callista lui sourit doucement. Il sentit confusément qu'il venait de franchir une barrière qui l'amènerait à se faire accepter comme l'un des leurs, dans ce monde de télépathes : il était déjà moins étranger à Callista.

— Vous pouvez me rejoindre dans le surmonde, maintenant, dit-elle.

— Je ne sais pas comment faire, répondit-il d'un air impuissant.

— Prenez la pierre et regardez-la. Je la vois, vous savez. C'est comme une lumière dans l'obscurité. Mais il ne faut pas que vous veniez là où se trouve mon corps. Si mes gardiens vous voyaient, ils me tueraient peut-être, pour qu'on ne puisse me faire échapper. Je vais venir à vous.

Subitement, sans transition, couchée une seconde avant, la jeune fille apparut au pied du lit.

— Allez-y. Laissez votre corps derrière vous. Sortez de votre corps.

Andrew se concentra sur la pierre en luttant contre la vague de nausée et de terreur qui l'envahissait. Callista lui tendit la main, et, soudain, il se trouva debout, bien qu'il lui semblât ne pas avoir bougé. Au-dessous de lui, couvert de ces vêtements épais et étranges que Damon lui avait prêtés, restait son corps, immobile sur le lit, le cristal dans les mains.

Il tendit la main et, pour la première fois, toucha celle de Callista. C'était un contact éthéré, mais *c'était* un contact, il le *sentait,* et il vit à l'expression de Callista qu'elle le sentait aussi.

— Oui, vous êtes réel, vous êtes là. Oh! Andrew, Andrew...

Elle s'appuya contre lui. Andrew avait l'impression de tenir une ombre, mais malgré tout, il sentait le poids de la jeune fille contre lui, il sentait la tiédeur et le parfum de son corps, la légèreté de ses cheveux. Il voulait l'étreindre, la couvrir de baisers, mais quelque chose en elle — une sorte de recul, d'hésitation — le retint de donner libre cours à son impulsion.

Je ne suis pas censé penser à une gardienne. Elles sont sacro-saintes. Intouchables.

Elle leva la main et posa ses doigts diaphanes sur la joue d'Andrew.

— Nous aurons assez de temps pour penser à tout ça plus tard, dit-elle doucement, quand je serai avec vous, tout près de vous...

— Callista, vous savez que je vous aime, dit-il d'une voix hésitante.

Les lèvres de Callista tremblèrent.

— Je le sais, et je n'y suis pas habituée. Je crois qu'en d'autres circonstances, cela me ferait peur. Mais vous êtes venu à moi quand j'étais très seule, et que je craignais de me faire brutaliser ou violer... Peut-être même tuer. Ce n'est pas la première fois qu'un homme me désire, dit-elle avec simplicité. Bien sûr, on m'a enseigné — par des moyens dont vous n'avez aucune notion — à ne pas y réagir, même en pensée. Avec certains hommes, je me sentais... dégoûtée, comme si des insectes rampaient sur mon corps. Mais il y en a eu certains pour qui j'aurais voulu... voulu, comme je le voudrais maintenant pour vous, savoir répondre à leur désir. Peut-être même savoir les désirer aussi. Comprenez-vous cela ?

— Pas vraiment, répondit Andrew lentement. Mais j'essaierai de comprendre ce que vous ressentez. Ce que j'éprouve pour vous, je n'y peux rien, Callista. Mais j'essaierai de ne rien ressentir qui vous déplaise.

Il se disait que, pour une télépathe, une pensée lubrique devait avoir quelque peu la qualité du viol. Etait-ce la raison pour laquelle il était impoli de regarder une jeune fille dans les yeux ? Pour la protéger de pensées importunes ?

— Mais je voudrais que vous pensiez à moi, dit Callista timidement. Je ne sais pas vraiment ce que ce serait... qu'aimer quelqu'un. Mais je veux que vous continuiez à m'aimer. Je me sens moins seule, en quelque sorte. Dans ma prison, j'ai l'impression de ne pas être réelle.

Andrew fut submergé d'une tendresse infinie. Pauvre petite. Qu'avait-on fait d'elle, en la conditionnant ainsi contre toute émotion ? Si seulement il pouvait faire quelque chose pour la réconforter... Il se sentait tellement inutile, à des kilomètres et des kilomètres d'elle.

— Gardez courage, mon amour, lui murmura-t-il. Vous serez bientôt sortie de là.

Comme il prononçait ces paroles, il se retrouva sur son lit, faible et souffrant. Au moins, il savait que Callista était en vie, qu'elle se portait bien — assez bien, en tout cas, pour attendre que Damon la sorte de sa prison.

Il se reposa un instant. Le travail télépathique était de toute évidence plus fatigant que le travail physique. Andrew avait l'impression qu'il venait de passer des heures à lutter contre le blizzard.

Lutter. Mais pour le moment, c'était Damon qui luttait. Quelque part là-bas, il se battait pour passer à travers les territoires infestés d'hommes-chats. Et d'après ce qu'Andrew avait vu, quand la troupe de Dom Esteban était rentrée, meurtrie et brisée, les hommes-chats étaient des adversaires redoutables.

Damon lui avait dit que ce serait à lui de les mener à Callista, une fois que la troupe serait dans les grottes. Andrew pensait pouvoir le faire, maintenant qu'il savait comment sortir de son corps — ce que Callista avait appelé son corps « solide » — pour se rendre dans le surmonde. C'est alors qu'une pensée angoissante le frappa.

Callista se trouvait dans un niveau du surmonde d'où elle ne pouvait atteindre ni Damon ni Ellemir. Elle ne pouvait même pas les voir. Lui, Andrew, pouvait la contacter. Cela signifiait-il qu'il ne pouvait se rendre dans la partie du surmonde que les hommes-chats avaient laissée ouverte à Callista ? Peut-être ne lui serait-il pas possible d'atteindre Damon, et comment diable pourrait-il alors le guider ?

Une fois que l'idée lui fut venue à l'esprit, il ne put s'en débarrasser. *Pouvait-il* joindre Damon ? Même avec la pierre-étoile ? Ou bien se retrouverait-il, ainsi que Callista, fantôme errant dans le surmonde, incapable de retrouver des visages humains familiers ?

Ridicule. Damon savait ce qu'il faisait. Ils s'étaient mis en contact, la veille, à l'aide de la pierre-étoile. Une fois de plus, le souvenir de cet étrange moment d'intimité le réchauffa et le mit mal à l'aise.

Malgré tout, le doute subsistait. Finalement, décidant qu'il n'y avait qu'un seul moyen de savoir, il dégagea la pierre-étoile de son enveloppe de soie. Cette fois, il n'essaya pas de sortir de son corps pour se rendre dans le surmonde, mais il se concentra de toutes ses forces sur l'image de Damon en répétant son nom.

La pierre se troubla. A nouveau, le curieux malaise se manifesta — arriverait-il jamais à dépasser ce stade ? Il lutta pour regagner son contrôle en essayant de concentrer ses pensées sur Damon. Dans les profondeurs de la pierre bleue, de même qu'il avait vu le visage de Callista — il y avait si longtemps, dans la cité de commerce — il aperçut de petites silhouettes qui ressemblaient à des cavaliers. Il savait qu'il s'agissait de la troupe de Damon, précédée de la bannière verte et or, dont Damon lui avait dit que c'étaient les couleurs de la famille Ridenow. Au-dessus d'eux, telle une menace, planait un nuage sombre, et une voix étrangère murmura dans l'esprit d'Andrew : *la bordure de la contrée des ténèbres*. Puis il perçut un éclair et un contact, et il se sentit fondre avec un autre esprit — il *était* Damon...

Le corps de Damon chevauchait avec une adresse automatique. Une personne ne le connaissant pas parfaitement n'aurait pu réaliser que ce corps était vide de toute conscience, et que Damon lui-même se trouvait quelque part *au-dessus,* son esprit sillonnant la campagne, cherchant, toujours cherchant...

L'obscurité se leva soudain devant lui, une ombre épaisse pour son esprit comme pour ses yeux. Il sentit surgir le souvenir de la peur et de l'appréhension qui l'avaient étreint quand il avait inconsciemment mené ses hommes dans une embuscade... *Est-ce la peur de maintenant, ou le souvenir de cette peur ?* Retournant un court instant à son corps, il sentit dans sa main droite l'épée de Dom Esteban tressaillir légèrement, et se rappela qu'il devait se maîtriser et réagir seulement aux dangers réels. Il avait emporté l'épée de Dom Esteban plutôt que la sienne, car, comme l'avait dit Dom Esteban : « Je l'ai portée dans des centaines de batailles. Aucune épée ne réagirait ainsi dans ma main. Elle connaît ma manière et ma volonté. » Damon avait respecté le vœu du vieil homme, se rappelant à quel point le papillon d'argent que Callista mettait dans ses cheveux portait l'empreinte de la personnalité de la jeune fille. Que dire alors d'une épée dont la vie de Dom Esteban avait dépendu, pendant plus de cinquante ans de batailles, de querelles, de campagnes ?

Dans la garde de l'épée, Damon avait monté une petite matrice vierge, une de celles qu'il avait trouvées dans les affaires de Callista et écartées à cause de leur insignifiance. Malgré sa petitesse, le cristal résonnerait en harmonie avec sa pierre-étoile et permettrait à Dom Esteban de se maintenir en contact non seulement avec les réseaux nerveux de ses muscles et de ses centres moteurs, mais aussi avec la garde de son épée.

L'épée enchantée, pensa-t-il avec dérision. Et pourtant, il savait que l'histoire de Ténébreuse était pleine de telles armes : la légendaire épée d'Aldones dans la chapelle de Hali, une arme tellement ancienne — et combien redoutable ! — que pas une personne vivante ne savait comment la manier ; l'épée d'Hastur, au château Hastur, dont on disait que si quiconque la tirait pour autre chose que la défense de l'honneur des Hastur, elle lui ferait sauter la main comme du feu. Il repensa à la dame Mirella, consumée par le feu...

La main de Damon trembla légèrement sur la poignée de l'épée. Il était prêt pour la bataille, autant qu'on pouvait l'être. Il se sentait en pleine possession de son *laran* — Leonie ne lui avait-elle pas dit que s'il avait été une femme, il aurait pu être gardienne ? Pour le reste, eh bien, il allait sauver sa propre cousine, remplissant un devoir envers son futur beau-père, sauvegardant ainsi l'honneur de la famille de sa femme.

Pour ce qui est d'être vierge, pensa Damon avec ironie, *je ne le suis pas, mais je suis certainement aussi chaste qu'un homme de mon âge peut l'être. Je n'ai pas encore couché avec Ellemir, et la douce Evanda sait que j'aurais pourtant voulu le faire.* Il se récita le credo de chasteté qu'on enseignait au monastère de Nevarsin où il avait été pensionnaire, comme beaucoup de fils des Sept Domaines, durant son enfance. Les hommes des tours obéissaient à cet interdit : ne jamais toucher une femme contre son gré, ne jamais regarder avec concupiscence une jeune fille ou une femme ayant fait vœu de chasteté, ne jamais coucher avec une prostituée.

Ma foi, je l'ai tellement bien respecté à la tour qu'il y a peu de chances que je cesse d'être vertueux. Et si ça doit me rendre à même de faire un travail de gardien sans danger, tant mieux pour moi. Les hommes-chats n'ont qu'à prendre garde — que Zandru les emporte dans son enfer le plus froid !

De retour dans son corps, il ouvrit les yeux et observa la campagne. Puis, prudemment, laissant son corps réagir aux mouvements du cheval, il se projeta, les yeux ouverts, dans le territoire qui s'étendait devant eux, sombre et menaçant.

Il les aperçut d'abord comme des taches noires dans l'obscurité, à la limite des ténèbres. Puis il découvrit le délicat réseau de force qui les reliait à une puissance indiscernable, enveloppée d'une ombre épaisse que ni ses yeux ni la puissance de sa pierre-étoile ne pouvaient percer.

Enfin, il distingua les corps fourrés que cette force dissimulait, tapis au milieu de petits buissons qui n'auraient pu les cacher, s'ils avaient été visibles.

Des chats. Traquant des souris. Et les souris, c'est nous. Il voyait sa troupe se rapprocher inexorablement de l'embuscade. Il redescendit vers son corps. *Il faut changer de route. Eviter ce piège.*

Il cligna des yeux, regardant entre les oreilles de son cheval. Mais non. Les hommes-chats ne manqueraient pas de les poursuivre, et si une autre embuscade les attendait, ils seraient faits comme des rats. Il tourna la tête vers Eduin pour le prévenir.

— Hommes-chats droit devant. On ferait bien de se préparer.

Il sortit une fois de plus de son corps, se concentra profondément sur sa pierre-étoile, et se retrouva au-dessus des hommes-chats, flottant. Il se mit à étudier les fils ténus de la force qui rendait leurs corps invisibles, notant la façon dont ces fibres se déployaient de l'ombre. Comment briser ce faisceau ?

Au moment où ses hommes et lui arrivaient à proximité, quelque chose dans la tension des corps félins lui suggéra un moyen. Il les vit tirer de courtes épées incurvées, semblables à des griffes. Il patienta encore. A l'instant où les hommes-chats bondissaient et se mettaient à courir rapidement, à pas feutrés, dans la neige, il puisa de la profondeur de la pierre-étoile un souffle puissant et le précipita en une violente explosion d'énergie sur le réseau soigneusement tissé qui se déchira.

Il réintégra son corps au moment même où les hommes-chats, qui n'avaient pas encore réalisé que leur charme était brisé, se précipitaient sur eux. Mais avant qu'il ait pu regagner plein contrôle de son corps, son cheval se cabra et hennit de terreur. Damon, réagissant une seconde trop tard, tomba dans la neige. Il vit un homme-chat se ruer sur lui, et sentit quelque chose monter en lui — peut-être de la peur — alors qu'il portait maladroitement la main à la garde de son épée.

... A des lieues de là, dans la grande salle d'Armida, Dom Esteban tressaillit dans son sommeil. Ses épaules se contractèrent, et ses lèvres se retroussèrent en un sourire — un rictus — qu'on lui avait vu sur d'innombrables champs de bataille...

Damon se releva rapidement. Sa main dégaina brusquement. La pointe s'enfonça dans la fourrure blanche et ressortit couverte de sang. Déjà, la lame se dirigeait vers un deuxième homme-chat.

Comme celui-ci allait lui porter un coup au ventre, son poignet tourna légèrement en dirigeant sa pointe vers le sol pour dévier le coup. Au moment où les fers se croisaient, ses jambes effectuèrent un petit pas chassé, et soudain, sa lame transperça la gorge fourrée.

Il aperçut du coin de l'œil Eduin et Rannan, superbes cavaliers, comme tous les hommes du domaine Alton, faire virevolter leurs montures effrayées, abattre leurs épées au milieu des corps félins qui les encerclaient. Un homme-chat tomba sous les sabots du cheval de Rannan. Mais Damon n'avait pas de temps à leur accorder : de grands yeux verts le regardaient férocement, et une bouche garnie de crocs semblables à des aiguilles s'ouvrit avec un sifflement menaçant. Des touffes de fourrure noire se dressèrent sur les oreilles de la créature dont la lame écarta d'un coup sec celle de Damon et décrivit un arc éblouissant vers ses yeux. Un spasme de terreur saisit Damon, mais sa propre lame se tendait déjà vers la tête de son adversaire. Les épées se heurtèrent en faisant jaillir une étincelle. Le visage du félin vacilla vers Damon qui soudain ne se battit qu'avec de l'air.

La silhouette de l'homme-chat réapparut puis s'effaça. La puissance tapie dans l'ombre tentait de nouveau de cacher ses suppôts. Une terreur et un désespoir complets s'emparèrent de Damon, provoquant en lui une douleur telle qu'il se crut blessé. Il respira profondément et se concentra sur la pierre-étoile. Comme il s'abandonnait entièrement à l'adresse de Dom Esteban, il fit une courte prière pour que le lien tînt bon. Puis il oublia totalement son corps — qu'il fût en sûreté avec Dom Esteban ou non, il n'y pouvait plus rien — et se projeta dans le surmonde.

L'ombre était devant lui, profonde et terrible. Des filaments s'entrelaçaient, cherchant à masquer les reflets rouges de la colère du félin qui luttait là.

Il puisa désespérément dans les réseaux d'énergie et s'aperçut qu'il avait inconsciemment fait venir une lame de pure force dans sa main. Il l'abattit sur les filaments. Le voile à moitié tissé se racornit et prit feu. Les fils rompus, frémissants, reculèrent vers l'obscurité où ils disparurent. L'ombre tourbillonna, régressa, et Damon vit alors un énorme visage de chat le regarder férocement.

Il leva sa lame incandescente et fit face à la créature sinistre. Il était conscient de petites silhouettes qui se battaient en dessous de lui, tout près de lui : quatre hommes-chats plus minuscules que des chatons, trois petits hommes, et l'un de ces hommes... ce ne pouvait être que Dom Esteban ; ce ne pouvait être que son esquive, son dégagement impétueux... ?

Le brouillard noir reflua, dissimulant le grand chat, et à présent, seuls les yeux et le sourire malveillant regardaient Damon. Quelque part dans son esprit, un murmure dément chuchota avec sa propre voix : « Certes, j'ai souvent vu un chat sans grimace, mais une grimace sans chat...? » et Damon se demanda s'il perdait la raison.

Il ne restait plus que deux hommes-chats. Damon vit avec indifférence l'un d'eux s'embrocher sur l'épée de l'homme qui se battait à pied. L'un des cavaliers frappa le second. Un remous d'ombre couvrit les grands yeux flamboyants qui, de vert, derrière le voile, prenaient une teinte rouge de charbon ardent. Enfin, ils disparurent derrière le mur de ténèbres. Une flèche de force noire vola vers Damon qui l'intercepta avec sa lame incandescente. Il attendit un instant, mais le nuage demeura immobile. Même la lueur des yeux furieux avait disparu. Damon se laissa alors descendre vers la terre pour réintégrer son corps...

Son épée était couverte de sang, de même que les cadavres qui gisaient dans la neige. Il appuya sa pointe sur le sol, se rendant subitement compte qu'il tremblait de tous ses membres.

Eduin fit faire volte-face à son cheval et se dirigea vers lui. La blessure sur la joue s'était rouverte, et, de l'onguent bleu qu'il s'était appliqué pour la protéger du froid, du sang gouttait. A part cela, il était indemne.

— Il n'en reste plus, dit-il d'une voix qui semblait étrangement distante et fatiguée. J'ai eu le dernier. Voulez-vous que je rattrape votre cheval, seigneur Damon ?

L'appel de son nom arracha Damon à une colère irraisonnée envers Eduin, une fureur qu'il ne comprenait pas. Frémissant, il se rendit compte qu'il était sur le point de jurer, de hurler de rage contre Eduin qui venait de piétiner *son* adversaire. La colère était telle qu'il tremblait des pieds à la tête. Il se souvint vaguement qu'il était en train de charger le dernier homme-chat, quand Eduin l'avait dépassé dans un grondement de tonnerre et lui avait volé sa proie.

— Seigneur Damon ! s'écria Eduin d'une voix plus forte, remplie d'inquiétude. Etes-vous blessé ? Que vous arrive-t-il, *vai dom ?*

Damon se passa une main humide de transpiration sur le front. Il s'aperçut alors qu'il avait une égratignure, à peine plus grave qu'une coupure de rasoir, sur le dos de la main.

— Je me suis fait de pires entailles en me rasant, dit-il.

A ce moment...

... A ce moment, Andrew Carr s'assit, secouant la tête, suant et tremblant au souvenir de ce qu'il — *lui-même ?* — venait de faire et de voir. Il venait de vivre la bataille entière dans le corps et l'esprit de Damon.

Damon était sauf. Andrew savait qu'il pouvait se maintenir en contact avec lui — *et* avec Callista.

10

LES nuages de l'après-midi s'accumulaient alors que Damon et sa troupe s'engageaient dans un chemin étroit, couvert d'herbe, vers un groupe de maisons au pied d'un escarpement.

— C'est ça, le village de Corresanti ? demanda Eduin. Je ne connais pas très bien cette région. Et d'ailleurs...

Il fronça les sourcils.

— ... Tout a l'air bizarre dans ce fichu brouillard. Est-ce qu'il est là pour de bon, ou est-ce que quelqu'un manipule nos esprits pour nous faire *croire* qu'il fait sombre ?

— Non, je crois qu'il est vraiment là, dit Damon. Il se peut que celui qui dirige ces félins trouve la lumière du soleil inconfortable, et ait répandu une ombre pour se protéger les yeux. Ce n'est pas difficile, avec une pierre-étoile, mais je vois mal un des nôtres s'amusant à le faire. Nous avons déjà assez peu de soleil, même en été.

Pas difficile... Mais ça demande quand même pas mal de puissance. Qui que soit le manipulateur, sa force s'accroît très rapidement. Si nous ne le désarmons pas promptement, il va peut-être devenir trop puissant pour que nous puissions le combattre. Notre devoir est de délivrer Callista, certes. Mais si nous laissons cette contrée sous cette domination maléfique, d'autres vont souffrir. Pourtant, nous ne pouvons pas l'affronter avant d'avoir libérer Callista, sinon elle sera tuée.

Il se rappelait les mots de Reidel — « des jardins abandonnés » — mais il ne s'était pas attendu à une telle désolation. Les champs étaient jonchés de plantes éparses sous le soleil voilé ; les eaux usées croupissaient dans les rigoles creusées pour l'écoulement ; les grandes ailes d'un moulin à vent, éventrées et déchirées, battaient lamentablement. De temps à autre, d'une étable, on entendait les beuglements mornes de bêtes affamées, privées de soins.

Au milieu de la route, presque sous les sabots du cheval d'Eduin, un gamin déguenillé rongeait machinalement une racine sale. Quand les cavaliers passèrent près de lui, il leva les yeux. Damon n'avait encore jamais vu sur un visage humain une telle terreur, un tel désespoir. L'enfant ne pleurait pas. Il devait avoir dépassé le stade des larmes, ou peut-être était-il trop faible pour pleurer. Les maisons semblaient abandonnées, mais de temps en temps, quelques visages mornes, dénués d'expression, apparaissaient à une fenêtre au bruit des sabots des chevaux, sans manifester de curiosité.

— Bienheureuse Cassilda, protégez-nous ! chuchota Eduin. Je n'ai rien vu de tel depuis la dernière fois que la fièvre des hommes des sentiers a fait rage dans les terres basses ! Que s'est-il passé ?

— La faim et la peur, dit Damon laconiquement. Malgré la famine, ils ne veulent pas se rendre dans les champs sous les ténèbres.

Impuissant devant une misère si complète, il sentait un torrent d'imprécations lui monter à la gorge. Il saisit sa pierre-étoile et respira plus calmement. Le grand chat avait fait du beau travail en lâchant ses suppôts dans cet innocent village.

Rannan, le second garde, contrôlait avec peine la nausée qui l'envahissait.

— Seigneur Damon, n'y a-t-il rien que nous puissions faire pour ces gens... rien ?

— Autant faire un pansement sur une blessure mortelle, Rannan, répondit Damon, déchiré. Nous devons frapper au cœur. Si nous faisions le moindre geste pour aider ces pauvres gens, la puissance qui les domine se tournerait contre nous. Nous serions réduits au même sort, avec juste assez de force pour nous traîner vers la porte la plus proche et mourir dans un désespoir abject. Nous ne pourrions plus rien pour eux. Non, il faut frapper un coup décisif, mais nous ne pouvons le faire tant que ma parente est entre leurs mains.

— Comment être sûr qu'elle n'est pas encore morte, monseigneur ?

— Grâce à la pierre-étoile, dit Damon.

Il n'avait pas envie d'expliquer qu'Andrew se mettrait en contact avec lui.

— Et je vous promets que si elle meurt, nous n'aurons de cesse que nous n'ayons exterminé cette force maléfique, jusqu'à la dernière griffe, jusqu'à la dernière moustache !

Il détourna résolument les yeux du village en ruine.

— Venez. Nous devons atteindre les grottes.

Et une fois là, il faut encore trouver le moyen d'y entrer, et arriver jusqu'à Callista.

Rassemblant ses souvenirs d'une excursion qu'il avait faite quand il était adolescent, il lui sembla reconnaître la colline au pied de laquelle s'ouvrait un grand passage vers les grottes de Corresanti. Des années auparavant, ces grottes avaient servi de refuge lors d'hivers particulièrement rigoureux, quand les collines Kilghard étaient couvertes d'une couche de neige si épaisse que ni homme ni bête n'y pouvaient survivre. A présent, on s'en servait pour y entreposer de la nourriture, y faire pousser des champignons comestibles, y faire vieillir vins et fromages. Du moins, jusqu'à ce que les hommes-chats soient venus s'installer dans la région. Damon estimait qu'il devait y avoir assez de nourriture pour dépanner les villageois affamés jusqu'à la prochaine récolte. Si les hommes-chats n'avaient pas détruit les réserves par pure méchanceté, il serait possible d'y amener les villageois. A condition, bien sûr, que l'expédition en sorte saine et sauve.

Il concentra son esprit sur la pierre. Il lui semblait à présent qu'une obscurité palpable émanait du bord de la falaise, à quelques lieues de là, à l'endroit où se cachait l'entrée des grottes. Il ne s'était donc pas trompé. Les grottes étaient le cœur même des ténèbres. Là, une créature non humaine menait des expériences avec des forces inconnues et formidables. L'hypersensibilité des Ridenow, au contact de cette présence monstrueuse, éveillait en Damon une terreur profonde. Mais il parvint à se maîtriser, et continua résolument sa route par les rues désertes du village.

Il regarda autour de lui, en quête d'un visage humain ou d'un quelconque signe de vie. Est-ce que tous les habitants du village étaient paralysés par la peur ? Son regard se posa sur une maison qu'il connaissait : il y avait passé un été, quand il était adolescent, bien des années auparavant. Il arrêta son cheval, le cœur étreint d'une douleur soudaine et aiguë.

Il y a des années que je ne les ai vus. Ma mère nourricière avait épousé un MacAran qui était écuyer de Dom Esteban, et je venais ici pendant l'été. Ses fils ont été mes premiers compagnons de jeu. Il ne put tenir plus longtemps. Il fallait qu'il sache ce qui se passait dans cette maison !

Il mit pied à terre et attacha son cheval au poteau. Eduin et Rannan l'appelèrent d'un ton interrogateur mais n'obtinrent pas de réponse. Ils descendirent lentement de cheval et restèrent à l'attendre. Damon frappa à la porte. Après un silence prolongé, il ouvrit la porte. Un homme s'avança vers lui d'un pas traînant, le regard vide. Il effectua un mouvement de recul, comme par habitude.

C'est sûrement l'un des fils d'Alanna, pensa Damon. *J'ai joué avec lui quand j'étais petit, mais comme il a changé !* Il essaya de se rappeler son nom. Hjalmar ? Estill ?

— Cormac, dit-il enfin.

Les yeux mornes se levèrent vers lui, et un sourire idiot se peignit sur le visage.

— *Serva, dom,* marmonna l'homme.

— Que vous est-il arrivé ? Que... qu'est-ce qu'ils vous veulent ? Que s'est-il passé ici ?

Les questions se bousculaient sur ses lèvres.

— Voyez-vous souvent les hommes-chats ? Qu'est-ce qu'ils...

— Des hommes-chats ? interrogea l'homme dans un murmure. Pas des hommes — des femmes ! Des chattes-démones... elles viennent la nuit pour lacérer votre âme...

Damon ferma les yeux, révolté. Le visage vide, Cormac fit demi-tour. Pour lui, les visiteurs avaient cessé d'exister. Damon retourna à son cheval, trébuchant et jurant.

Un bruit de sabots parvint à ses oreilles. Damon se retourna et aperçut des cavaliers chevauchant en file indienne sur un chemin qui descendait d'une colline au-dessus du village. Pourtant, dans le village, il n'avait vu ni cheval, ni bétail, ni autre animal domestique.

Les cavaliers étaient assez près pour qu'on pût les voir nettement. Ils portaient des capes-chemises et des culottes de coupe différente de celles de Damon et de ses gardes. Ils étaient tous de haute taille, avec des cheveux drus et clairs, mais c'étaient bien des hommes. Des humains, et non pas des hommes-chats, à moins que ce ne fût encore une de leurs illusions...

Damon se concentra sur la pierre-étoile, à travers la brume qui semblait cacher, comme une eau trouble, tout ce qui n'était pas immédiatement à côté de lui. Mais c'étaient réellement des hommes, sur de vrais chevaux. Il n'était pas né, le cheval qui laisserait sans renâcler un homme-chat le monter. Les nouveaux venus n'étaient pas non plus des habitants du village.

— Une bande des Villes Sèches, chuchota Eduin. Que le seigneur de la Lumière soit avec nous!

Damon savait à présent où il avait vu de grands gaillards débraillés, au teint clair. Les gens du désert s'aventuraient rarement dans cette partie de la planète, mais de temps en temps, il en avait vu passer en caravane, voyageant silencieusement et rapidement vers leur province.

Et nos chevaux sont déjà fatigués. Si ces Séchéens sont hostiles...?

Il hésitait. Rannan se pencha pour lui saisir le bras.

— Qu'est-ce que nous attendons? Décampons au plus vite!

— Ce ne sont pas nécessairement des ennemis, commença Damon.

Sûrement, des humains n'allaient pas se joindre aux hommes-chats pour piller et terroriser la région...

Un sourire sinistre se forma sur les lèvres d'Eduin.

— Il y en avait de petits groupes qui se battaient au côté des hommes-chats, l'an dernier, et j'ai entendu dire que les hommes-chats aidaient les Villes Sèches lors des troubles du côté de Carthon. Ils font du commerce avec les hommes-chats. Zandru seul sait ce qu'ils échangent, ou ce qu'ils obtiennent en retour, mais le commerce n'en existe pas moins.

Le cœur de Damon se serra. Ils auraient dû fuir immédiatement. Trop tard. Il fallait faire pour le mieux.

— Ce sont peut-être des marchands, dit-il, qui ne nous veulent aucun mal.

En tout cas, ils étaient tellement près, maintenant, que le chef de la bande serra la bride à son cheval.

— Il va falloir y aller au culot. Soyez prêts, mais ne tirez vos épées que si je donne le signal, ou s'ils nous attaquent.

Le chef de la bande, assis nonchalamment sur sa selle, les toisa. Etait-ce son expression habituelle, ou avait-il un sourire sardonique aux lèvres ?

— *Hali-imyn,* par Nebran ! s'écria-t-il. Qui l'eût cru ?

Son regard balaya les rues désertes.

— Qu'est-ce que vous faites encore ici, vous autres ?

— Corresanti faisait partie du domaine Alton bien avant que Shainsa ne soit élevée dans la plaine, répliqua Damon, en comptant les cavaliers : six, huit — trop ! Je pourrais même vous demander si vous vous êtes égarés de votre route habituelle, et exiger un sauf-conduit du seigneur Alton.

— Les jours des sauf-conduits sont finis, dans les collines Kilghard, répondit l'homme. Avant longtemps, ce sera vous qui devrez demander la permission de chevaucher ici.

Ses lèvres découvrirent ses dents en un rictus paresseux. Il descendit de cheval, imité par ses hommes. Damon glissa la main dans la garde de son épée, sentit la petite matrice lisse et tiède…

… Dom Esteban posa ses croquettes de viande et se renversa sur son oreiller, les yeux grands ouverts. Le serviteur qui lui avait apporté à manger lui adressa la parole, mais Dom Esteban ne répondit pas...

— Ce n'est pas de si tôt que je demanderai la permission de chevaucher sur les terres de mon parent, dit Damon. Mais qu'est-ce que *vous* faites ici ?

Sa voix lui semblait étrangement aiguë et faible.

— Nous ? reprit l'homme. Mais voyons, nous sommes de paisibles commerçants, n'est-ce pas, camarades ?

Derrière lui, il y eut un chœur d'assentiment. Ils n'avaient pas l'air particulièrement paisibles — *évidemment, se dit Damon en une fraction de seconde, les hommes des Villes Sèches n'en ont jamais l'air* — avec leurs airs fanfarons de bagarreurs de tavernes, et leurs épées qui faisaient saillie sur leurs hanches, prêtes à être dégainées. Derrière eux, les chevaux commençaient à piaffer nerveusement, et des renâclements effrayés emplirent l'air.

— De paisibles commerçants, insista le chef des Séchéens en portant la main à l'agrafe de sa cape-chemise. Nous faisons notre commerce ici avec l'autorisation du seigneur de ces terres, qui nous a donné de petites commissions.

Sa main sortit prestement de la cape, armée d'un long couteau. Puis il dégagea sa grande épée de son fourreau.

— Jetez vos armes, grinça-t-il, et si vous êtes assez fous pour croire que vous pouvez nous résister, regardez derrière vous !

Eduin serra le bras de Damon comme un étau. Damon n'eut qu'à jeter un coup d'œil par-dessus son épaule pour en voir la raison. Sortie de la forêt, une troupe d'hommes-chats avançait à pas feutrés. Beaucoup trop d'hommes-chats. Damon n'arrivait même pas à les compter. Il s'aperçut qu'il tenait l'épée de Dom Esteban en main, mais le désespoir s'empara de lui.

Dom Esteban lui-même ne pourrait jamais résister à une telle embuscade !

Les Séchéens les encerclaient lentement, couteaux et épées en main. Damon avait oublié qu'il portait une dague. Il fut surpris de sentir sa main gauche l'arracher de sa ceinture et la tendre vers l'ennemi. Il se trouva brusquement dans une position contraire à celle qui lui avait été enseignée : regardant son adversaire par-dessus l'épaule gauche au-delà de la pointe de sa dague, la garde de son épée appuyée à sa joue droite. *C'est vrai. Esteban a voyagé au-delà des Villes Sèches. Il connaît la manière de se battre des gens du désert...*

Il se dit froidement que l'arrivée des hommes-chats était plus qu'une coïncidence, et que s'ils avaient essayé de s'enfuir, comme les Séchéens devaient s'y attendre, ils se seraient précipités dans le piège.

— Saisissez-les ! jeta le chef de la bande.

Pas de fuite possible. Il fallait se rendre ou mourir. Damon hésita, mais Dom Esteban veillait. Comme les deux lames du Séchéen arrivaient sur lui, Damon vit la pointe de son épée s'élancer, écarter prestement épée et dague ; puis il sentit ses pieds se déplacer, son corps plonger.

Ainsi, Dom Esteban pense que nous pouvons terrasser dix hommes et nous échapper, pensa-t-il ironiquement, regardant avec détachement ses deux armes s'enfoncer dans le côté de son adversaire. Il entendait des cliquetis d'acier autour de lui, et aperçut un autre homme l'approcher sournoisement.

Il dégagea son épée et se retourna vers l'ennemi qui, en courant, avait relâché sa vigilance. Damon pivota sur lui-même, et sa lame plongea dans les côtes de son adversaire. Dans les derniers rayons de soleil, il aperçut Eduin, son épée rougie de sang, qui se jetait sur un autre antagoniste. Celui-ci recula, la peur sur le visage... Puis Damon fit volte-face pour parer un coup dirigé vers sa gorge. Son épée s'abattit sur le coude de l'homme qui tomba à ses pieds en hurlant. Damon faillit s'évanouir à la vue du bras amputé...

— Ce sont des démons ! cria un Séchéen. Ce ne sont pas des hommes... !

Les derniers assaillants battirent en retraite, se bousculant contre les chevaux rétifs qui formaient un mur derrière eux. Ils n'avaient encore jamais vu cinq hommes mourir aussi vite...

Des démons... Les Séchéens étaient renommés pour leur superstition...

L'un d'eux cria quelque chose dans sa langue, tâchant de rallier ses camarades en déroute, et se précipita vers Eduin. Damon n'intervint pas, pour plonger son regard au plus profond de la pierre-étoile, et remarqua alors que la main de l'homme était placée trop haut... Mû par la volonté de Dom Esteban, il fit un pas en avant, et son épée traversa de part en part, entre les épaules, l'ennemi qui s'effondra. Mais Damon n'y prêta pas garde. Il puisa dans le placard sombre de son subconscient, où il avait enfermé ses cauchemars d'enfant, et en sortit un démon. Il était gris, couvert d'écailles, cornu et griffu, et de la fumée jaillissait de ses narines. Damon précipita l'image dans la gemme et la fit surgir entre l'ennemi et lui...

Les Séchéens se mirent à courir en poussant des cris, essayant de rattraper leurs chevaux affolés par l'odeur du sang et des félins. Derrière eux, les cris stridents des hommes-chats s'élevèrent. Damon fit faire demi-tour au démon qui chargea les hommes-chats à travers les rues du village, grondant, crachant du feu par la bouche et les narines. Quelques-uns des hommes-chats s'enfuirent. D'autres, sentant peut-être que ce n'était qu'une illusion, essayèrent de l'esquiver.

Damon tendit la main vers les rênes de sa monture. Le cheval, fou de terreur, se cabra sauvagement.

Damon était toujours absorbé par son démon — il traquait maintenant les hommes-chats, courant de droite à gauche, répandant une odeur nauséabonde de fourrure brûlée. Il se surprit à arracher les rênes du poteau et à bondir en selle avec le talent de cavalier... *de Dom Esteban, bien sûr.*

Un homme-chat s'était rapproché, et Damon dut se protéger de l'épée en forme de griffe qui se dirigeait vers lui. Il abattit sa lame, vit épée et patte tomber ensemble, se contracter, et s'immobiliser. Il ne sut jamais ce qui arriva au reste de l'homme-chat. Il était déjà loin.

Un éclair frappa le monstre écailleux que Damon avait créé. Le démon éclata dans une colonne de poussière et de fumée, puis disparut.

Ce fut Esteban qui mena le cheval terrifié, qui terrassa les quelques hommes-chats qui couraient aux talons de la bête pour lui couper les jarrets, Esteban qui mena le cheval vers les grottes. Damon sentait vaguement que Dom Esteban guidait sa main. Une force le transportait contre son gré et à toute vitesse à travers le brouillard épais et bouillonnant du surmonde. Au cœur de l'ombre luisaient des yeux furieux, flamboyant comme les feux d'un volcan. Les yeux terribles du grand chat.

Alors qu'il apercevait les yeux torrides, des griffes, d'un geste vif, essayèrent de le saisir. Damon esquiva le coup. Il savait que si la pointe d'une seule griffe le touchait, lui ratissait le cœur, il serait forcé de réintégrer son corps, et le grand chat pourrait le maîtriser, l'anéantir d'un seul souffle brûlant.

De quoi les chats ont-ils peur? se demanda Damon. Son corps bondit. Il se retrouva à quatre pattes, et se transforma en un loup sinistre qui prit forme devant l'homme-chat. Il bondit sur lui, en poussant un hurlement de loup-garou qui résonna à travers le surmonde, un hurlement pétrifiant au son duquel la forme féline vacilla et s'effaça momentanément. Un souffle torride brûla les yeux du loup qui hurla de rage. Damon se déchaîna. Il se rua sur le grand chat, les mâchoires écumantes, attaquant le félin à la gorge...

L'immense créature fourrée s'estompa et disparut. Damon s'entendit hurler à plusieurs reprises, essayant de se jeter sur l'obscurité, exaspéré par ce besoin démesuré de déchiqueter, de mordre, de sentir le sang gicler sous ses crocs...

Mais le grand chat s'était évanoui. Damon, tremblant, épuisé, malade et écœuré par le goût du sang dans sa gorge, se retrouva chancelant en selle. Son loup-garou avait bouté le maudit félin hors du surmonde. Pour la première fois, il semblait que le grand chat ne fût pas complètement invincible, après tout. Car la route était à présent dépouillée, jonchée uniquement de cadavres.

11

Un petit sursaut vif, comme l'impression de tomber, éveilla Andrew. La nuit tombait, et la pièce était sombre. A la lueur qui passait par la fenêtre, Andrew aperçut Callista au pied de son lit. Il constata avec plaisir qu'elle était vêtue cette fois d'une jupe et d'une ample tunique, et qu'elle avait tressé ses cheveux. Non, c'était Ellemir, qui portait de la nourriture sur un plateau.

— Andrew, dit-elle, vous devriez manger.

— Je n'ai pas faim, marmonna Andrew, mal réveillé et encore désorienté par ses rêves confus.

Des chats géants ? Des loups-garous ? Comment allait Damon ? Callista était-elle en sûreté ? Comment pouvait-il s'être endormi ? Comment Ellemir pouvait-elle parler de manger en un moment pareil ?

— Si, vous devez manger, répondit Ellemir, bien qu'il ne se fût pas exprimé à voix haute.

Il avait du mal à s'habituer à ce qu'on pût lire dans ses pensées. Il faudrait pourtant s'y faire, pensa-t-il.

Ellemir s'assit au bord du lit.

— Le travail télépathique est terriblement fatigant, dit-elle. Vous devez reprendre des forces, si vous ne voulez pas vous surcharger. Je savais que vous refuseriez de manger, alors je vous ai apporté de la soupe et des aliments qui se mangent facilement. Je sais bien que vous n'avez pas faim, mais *essayez,* Andrew.

— Damon ne peut pas atteindre Callista, ajouta-t-elle malicieusement, sachant que c'était là le seul moyen de le persuader. Une fois qu'il sera dans les grottes de Corresanti, il ne pourra peut-être pas la trouver dans le noir. C'est un affreux labyrinthe de passages tout sombres. J'y suis allée une fois, et on m'a raconté l'histoire d'un homme qui s'y était perdu et n'en était sorti qu'au bout de plusieurs mois, aveugle, et la peur avait blanchi ses cheveux. Vous voyez que vous devez être prêt quand Damon aura besoin de vous. Et pour cela, vous devez être fort.

A contrecœur, mais convaincu par les arguments d'Ellemir, Andrew prit la cuiller. C'était un bouillon de viande au vermicelle, très épicé et délicieux. A côté, il y avait du pain de noix et une confiture acidulée. Quand il la goûta, il se rendit compte qu'il était affamé et dévora tout ce qu'il y avait sur le plateau.

— Comment se porte votre père ? s'enquit-il par politesse.

Ellemir eut un petit rire.

— Vous devriez voir le dîner qu'il vient d'engloutir, il y a une heure environ, me racontant entre deux bouchées combien d'hommes-chats il avait tués...

— Je l'ai vu, dit Andrew calmement. J'étais *là*. Ils sont terribles !

Il frissonna. Il savait qu'une partie de ce qu'il avait cru être un rêve provenait de son esprit qui vagabondait dans le village détruit par le grand chat. Il avala la dernière miette de pain. Puis, il tourna son esprit vers la pierre-étoile, vers Damon. Il vit la route déserte... ils approchaient des grottes...

Cette fois-ci, il lui fut plus facile de se transporter dans le surmonde, et comme la lumière du soleil baissait, il découvrit qu'il y voyait mieux dans la lueur bleue que Callista appelait « surlumière ». Bleue ? pensa-t-il. Etait-ce parce que les cristaux étaient bleus et qu'ils projetaient leur éclat à travers son esprit ? Il regarda en dessous de lui : son corps gisait sur le lit, et Ellemir, après avoir posé le plateau sur le plancher, s'agenouilla à son côté pour surveiller son pouls, comme elle l'avait fait pour Damon.

Il s'aperçut que, dans le surmonde, il ne portait plus les vêtements de cuir et de fourrure qu'il avait empruntés au serviteur d'Ellemir. Il était vêtu de la fine tunique et du pantalon en nylon gris qu'il portait dans son bureau du QG terrien, avec au cou les emblèmes des huit planètes où il avait servi.

Pas très chaud pour cette planète. Oh ! zut, c'est le surmonde. Si Callista peut s'y promener dans sa nuisette déchirée sans mourir de froid, ça n'a aucune importance. Il se rendit compte qu'il s'était beaucoup éloigné et qu'il se trouvait à présent sur une plaine grise et monotone. Au loin, il apercevait des collines comme dans un mirage. *Bon, où sont les grottes de Corresanti ?* se demanda-t-il, tâchant de s'orienter dans la campagne blafarde.

Il vit qu'il tenait toujours la matrice, ou plutôt son équivalent astral. Elle luisait comme un feu d'artifice, jetant des éclairs de lumière. Il se demanda si elle le mènerait directement à Callista. En effet, il se déplaçait en direction des collines qui se dessinaient à présent nettement. Une grande ombre émanait de leur centre. Etait-ce derrière ce rideau noir que Damon avait aperçu le grand chat ? Etait-ce lui qui maintenait Callista prisonnière à l'aide de la grande matrice illicite ?

Il frissonna et essaya de ne pas penser au grand chat. Ou plutôt, de le transformer en pensée en un personnage d'*Alice au pays des merveilles,* un ancien conte terrien : le Grimaçon, ce gros chat inoffensif qui souriait sans arrêt et tenait des propos farfelus. Ou en Chat botté. *Ce n'est qu'un personnage de conte de fées,* se dit-il, *et je veux bien être pendu si je le laisse m'empoisonner.* Il savait d'instinct que c'était le moyen le plus sûr de se protéger de la puissance du grand chat. *Non, du Chat botté,* se rappela-t-il. *J'espère que Damon ne va pas se retrouver nez à nez avec lui...*

Comme si le fait de penser à Damon lui avait donné une direction précise, il découvrit qu'il se trouvait sur une pente abrupte juste en face de l'ouverture béante d'une caverne. Un peu plus bas, Damon et les deux gardes, l'épée à la main, gravissaient lentement le sentier. Il essaya de leur faire signe, d'attirer l'attention de Damon. De nouveau, leurs esprits se rejoignirent. Une fois de plus, il voyait avec les yeux de Damon...

... Retenant sa respiration, il posait les pieds aussi silencieusement que possible. *Comme l'an dernier, quand nous étions éclaireurs durant les campagnes et que nous allions en reconnaissance...*

Des hommes-chats indolemment vautrés devant l'entrée des grottes dormaient au poste, confiants que la force qu'ils servaient les protégerait en retour.

Mais leur instinct veillait, et leurs grandes oreilles touffues se dressèrent soudain au son étouffé de bottes dans l'herbe. Instantanément, ils furent debout, leurs épées-griffes en main. Damon se sentit bondir, la lame frémissante, et se fendit à fond sur la plus proche. L'épée de l'homme-chat s'abattit en cette curieuse parade circulaire qui leur était particulière et traça un croissant de lune devant son corps, jetant un éclair métallique au côté de Damon.

Damon vit alors son bras s'élever pour parer, et sentit la lame trembler dans sa main sous le choc du fer adverse contre sa pointe baissée. Puis, son épée le contourna en sifflant contre son oreille, pour aller frapper l'épaule velue. L'homme-chat para le coup et riposta. Damon fit un bond en arrière, juste à temps pour voir le métal trancher l'air à un centimètre de ses yeux. Les battements circulaires de la lame incurvée avaient l'air fort gauches, mais malgré son adresse, Dom Esteban avait peine à trouver un point faible dans ce tourbillon de défense. Eduin et Rannan étaient engagés dans un combat à quelques pas de là — il entendait le cliquetis de leurs épées qui frappaient à coups redoublés derrière lui. Il sentit son bras se détendre pour une feinte — il reconnaissait qu'il s'agissait d'une feinte, car ses pieds n'avaient pas bougé. L'épée-griffe siffla vers lui. La lame de Dom Esteban s'écarta de sa trajectoire, remonta et vint retomber entre les oreilles du félin.

D'un petit coup expert, il sortit son arme du crâne sanglant et courut à Rannan qui, la chemise déchirée et couverte de sang, reculait devant l'une des lames tournoyantes. Son propre fer se mit à danser, frappant à plusieurs reprises sur la tête de la bête. Damon fit un bond en arrière devant une botte foudroyante qui aurait dû le couper en deux à la taille. Il sentit son épée revenir pour une riposte qu'il crut être un autre coup à la tête, mais son poignet retomba, et la longue rapière frappa l'homme-chat au genou. Son bras donna une nouvelle secousse, et à l'instant où la créature s'effondrait en braillant, il lui enfonça la pointe dans la gorge. Eduin et Rannan étaient debout à côté du cadavre de la dernière sentinelle, et de nouveau, Damon se sentit envahi par la colère irraisonnée de Dom Esteban...

Il secoua le tête. Il se sentait étrangement étourdi, comme s'il était ivre. Qu'était-il en train de faire ? Il ouvrit les yeux et remit l'épée au fourreau. Ce faisant, il éprouva une douleur dans les muscles à la base du pouce et du poignet : des muscles dont il ignorait l'existence. Vacillant légèrement, il tourna le dos aux masses de fourrure ensanglantées qui jonchaient le sol, et se dérigea péniblement vers l'ouverture de la grotte, faisant signe à Eduin et à Rannan de le suivre. Comme il avançait, il aperçut une silhouette humaine, vêtue de gris. Il mit quelque temps à l'identifier, et au moment même où il réalisait qu'il s'agissait d'Andrew Carr, ce dernier retrouva sa personnalité et fit signe à Damon de lui emboîter le pas.

Andrew avait du mal à croire que Damon pouvait le voir sans être dans le surmonde, mais après tout, lui, « en bas », avait bien vu Callista. Il précéda Damon dans l'entrée de la grotte. C'était une grande cavité sombre, et malgré la surlumière, il était difficile d'y voir. Damon venait d'entrer, et faisait signe avec impatience à ses gardes de se dépêcher. Mais Eduin et Rannan semblaient être retenus par une barrière invisible pour Andrew — et apparemment pour Damon, aussi.

Pendant un moment, le Tenebrosien parut perplexe.

— Oh ! mais bien sûr, dit-il enfin — et Andrew ne sut jamais si Damon avait parlé à voix haute ou s'il l'avait entendu *penser* — il y a une barrière de premier niveau à travers l'entrée, ce qui veut dire que personne ne peut entrer ou sortir, à moins qu'il ne porte une matrice, ou que l'opérateur ne le *laisse* passer.

Evidemment. Ce n'était pas surprenant de la part du grand chat. Mais cela indiquait peut-être un autre point faible. Il ne pouvait pas être partout, même avec une matrice. Avec un peu de chance, il ne s'en était pas encore aperçu.

Lentement, Damon traversa l'énorme entrée voûtée. Vers le fond, il entendait de l'eau goutter, et au fur et à mesure qu'il s'enfonçait dans la grotte, la lumière se faisait de plus plus rare. La terreur glaciale de l'obscurité l'envahit, et il hésita. *Quand j'étais adolescent et que je venais ici, il y avait des torches montées sur les parois pour que l'on puisse voir le chemin.* Puis il vit la silhouette spectrale d'Andrew qui avait l'air de sortir de la muraille même. Le Terrien semblait luire d'un éclat bleuté, et il tenait dans les mains un objet qui ressemblait à une torche étincelante. *La matrice, bien sûr. Est-ce qu'elle va alerter le grand chat ? Si je dois me rendre dans le surmonde pour trouver mon chemin, verra-t-il ma pierre-étoile ?*

Il lui semblait à présent entendre un bourdonnement semblable à celui d'un essaim d'abeilles. Il en reconnut l'origine au bout d'un moment : une puissante matrice sans la moindre protection. Un frisson de peur le parcourut. *Cet homme-chat est complètement fou ! Fou ou plus puissant qu'un humain ou qu'une gardienne ! Il faudrait un Cercle d'au moins quatre esprits pour manipuler un écran de matrice de cette taille !*

On ne trouvait jamais de telles matrices à l'état naturel. Elles avaient été faites artificiellement, du temps où la technologie des matrices était à son apogée. Le grand chat avait-il trouvé celle-ci, accident de la nature, ou l'avait-il fabriquée lui-même ? *Comment, par les neuf enfers de Zandru, arrive-t-il à manipuler cet engin ? Je ne voudrais toucher cette matrice pour rien au monde !*

Le fantôme d'Andrew lui fit signe à nouveau. A la lueur de la pierre-étoile, il vit des piliers massifs de structure cristalline, d'énormes stalagmites et stalactites qui joignaient le sol à la voûte. Partout régnait une humidité de cave, accompagnée du suintement de l'eau et du bourdonnement de la matrice. Damon pensait qu'il n'aurait qu'à écouter pour retrouver son chemin. Mais il verrait plus tard. Pour le moment, il importait de trouver Callista avant que le grand chat ne se rende compte qu'il était là et qu'il n'envoie l'un de ses acolytes lui trancher la gorge. Au fond de la cavité, deux passages s'enfonçaient dans le noir, au fond desquels on voyait de pâles lumières. Il s'arrêta un instant, indécis, puis aperçut, au fond du couloir de gauche, la silhouette d'Andrew Carr. Il la suivit, et après avoir perdu l'équilibre par deux fois — bien sûr, Andrew se trouvant dans le surmonde, il ne pouvait pas buter contre les obstacles —, il se concentra sur sa pierre-étoile pour faire naître une boule de lumière magique. C'était bien peu, et Damon avait l'impression que cette lumière était atténuée par la proximité de l'énorme gemme, mais il réussit à accumuler assez de force pour produire un peu d'éclairage. *Sacrément utile, ça aussi. Comment pourrais-je me battre, en cas de besoin, en tenant une torche dans l'autre main ?*

La silhouette d'Andrew avait disparu de nouveau. *Oui, il a raison. Il doit être allé trouver Callista. Lui dire que nous venons à la rescousse.*

Dans l'ombre, au-delà de la lumière magique, quelque chose bougea, et une voix se fit entendre dans le langage-miaulement des hommes-chats. La voix se transforma soudain en grondement. Damon vit une lame incurvée luire hors du cercle de lumière. Le bourdonnement dans sa tête le rendait fou, lui faisait mal. Il tira son épée, la leva, mais dans sa main, elle n'était qu'un poids mort et encombrant. *Dom Esteban...* Il essaya frénétiquement de rétablir le contact, mais il n'y avait rien, seulement ce bourdonnement, ce son qui estompait le reste, cette *douleur*.

L'épée courbe commençait à siffler autour de lui. Sans savoir comment, il parvint à lever le morceau de métal inerte, à placer une barrière d'acier en travers de la trajectoire meurtrière. Suffoquant de peur, il mit son corps épuisé en position, para automatiquement, craignant, en attaquant, de se rendre vulnérable. Il était seul, il devait se battre avec ses seules forces !

L'entrée de la caverne ! Dom Esteban ne pouvait pas l'atteindre à travers la barrière ! *Je suis mort !* pensa-t-il.

En une fraction de seconde, il se rappela les années

de leçons assommantes — toujours le pire escrimeur parmi les garçons de son âge, le maladroit, celui qui n'était tout simplement pas fait pour les arts de la guerre. Le lâche. Engourdi de terreur, et comme s'il traînait son épée dans de la glu, il para les bottes savantes de son assaillant. Il était perdu. Il était incapable de se défendre contre des hommes qui se battaient dans le style qui lui avait été enseigné. Comment pourrait-il tenir tête à ces as d'une technique totalement étrangère ? Il recula, affolé, apercevant du coin de l'œil une autre sentinelle qui venait se joindre à la première. En un instant, il aurait à se battre contre deux — s'il vivait assez longtemps. Il vit la lame s'abattre sur lui en un coup qu'il n'aurait jamais pu parer, bien qu'il sût de quelle manière Dom Esteban l'aurait fait.

La lame arriva sur lui prestement, comme il l'avait prévu. Mais il vit avec un soulagement profond que la position de l'homme-chat rendait ce dernier vulnérable, et il lui plongea instantanément l'épée dans le corps. La seconde sentinelle se jeta sur Damon au moment même où il dégageait son arme. Damon se tourna pour lui faire face. Il savait maintenant comment Dom Esteban attaquerait celui-là, et comme son esprit formulait cette pensée, son bras se détendit, recula. Le félin para. Damon projeta tout son corps en avant et transperça la gorge de l'homme-chat ; l'épée de ce dernier s'abattit sur la sienne en une faible parade.

Il libéra rapidement sa lame. Le troisième homme-chat s'accroupit, prêt à bondir, et se mit à reculer à travers la grotte, la lame levée, prête à s'abattre sur lui en tournoyant. Damon s'avança vers lui, prudemment, et attendit...

Les secondes semblèrent des heures, et son corps ne fit rien qu'il ne lui eût commandé. Il se concentra sur le lien... rien. Seulement l'énorme vibration de la matrice géante, quelque part dans la cave, toujours invisible, mais présente, effroyable. Dom Esteban ne pouvait atteindre Damon là-dedans. Ne l'avait *pas* atteint. Damon n'avait pas été en contact avec Esteban, et il manqua lâcher son épée en réalisant qu'il venait de tuer deux hommes-chats de lui-même.

Et il allait en tuer un autre. Immédiatement.

Pourquoi pas ? Il avait toujours compris les astuces de l'escrime, il avait appris avec des maîtres, bien que l'entraînement lui parût hors de portée... c'était peut-être là le problème. Il avait toujours pensé à la vie plus qu'il ne l'avait vécue. Son corps et son esprit avaient toujours été séparés. Peut-être que le contact avec Dom Esteban avait enseigné directement à ses nerfs et à ses muscles comment réagir...

L'homme-chat gronda et détendit son corps vers Damon qui se jeta à terre en tendant l'épée devant lui, se rattrapant de l'autre main sur la roche. La lame-griffe siffla au-dessus de sa tête. En vain. Mais quelque chose d'humide et de gluant jaillit sur son bras. Il libéra son épée d'un coup sec et se releva. A présent, où était Callista ? Vite, avant que le grand chat ne découvre...

Il chercha Andrew des yeux et l'aperçut, une fraction de seconde, au bout du corridor. Puis Andrew disparut...

Andrew, absorbé, vivait la bataille avec Damon quand il entendit tout à coup un cri, et aperçut Callista. Elle était allongée sur le sol à ses pieds, et il réalisa alors qu'il était descendu très bas, dans les profondeurs de la grotte, où les parois rocheuses émettaient un reflet phosphorescent vert pâle. Il vit alors Callista ouvrir des yeux terrifiés et une ombre se glisser vers elle. Callista se leva précipitamment et recula, les bras tendus pour toute défense. L'homme-chat tenait une dague courbe, et Andrew se mit à courir vers lui, désespéré.

J'ai besoin de mon corps, je ne peux pas la défendre du surmonde... Pendant un instant, il hésita entre la grotte où Callista fuyait devant le couteau de l'homme-chat, et la chambre à l'étage supérieur d'Armida, où Ellemir surveillait son corps. *Je ne peux pas réintégrer mon corps, je dois rester avec Callista...* Puis il y eut un éclair bleu, un choc électrique pénible, et Andrew tomba rudement sur ses pieds dans la grotte sombre en se tordant la cheville.

Il poussa un cri d'avertissement et se mit à courir vers l'homme-chat. *Comment suis-je arrivé ici ? Comment ? Est-ce que je suis vraiment là ?* Il trébucha, se cogna douloureusement les orteils à un caillou. Il ramassa le caillou. L'homme-chat fit demi-tour en grondant. Andrew leva la pierre et la lui assena violemment sur la tempe. L'homme-chat tomba comme une masse, poussant un hurlement perçant, eut un faible spasme, puis ne bougea plus. La force du coup avait répandu sa cervelle sur le sol. Andrew glissa et faillit tomber.

— Je pense que c'est clair, dit-il d'un air idiot. Je suis *vraiment* là.

Puis il s'élança vers Callista qui était accroupie contre la paroi et le contemplait avec stupéfaction et terreur.

— Callista, cria-t-il. Callista, bien-aimée, ça va bien ? Ils vous ont fait mal ?

Il la saisit dans ses bras, et elle se laissa tomber contre lui. Elle était solide, réelle, et il l'étreignit, sentant tout son corps secoué de gros sanglots terrifiés.

— Andrew... Andrew... c'est vraiment vous, répétait-elle.

Il posa ses lèvres sur la joue trempée.

— C'est moi, et tout va bien, maintenant, bien-aimée. On va vous sortir d'ici dans quelques minutes. Pouvez-vous marcher ?

— Oui, dit-elle, retrouvant quelque peu son sang-froid. Je ne connais pas le chemin de la sortie, mais j'ai entendu dire qu'il y a des cordes le long des murs. Nous n'avons qu'à les longer, et nous arriverons bien à l'entrée. Si vous voulez bien me donner ma pierre-étoile, je pourrai faire de la lumière.

Andrew lui tendit doucement le cristal qu'elle prit tendrement dans ses mains. A la pâle lumière de la pierre-étoile, plus pâle que celle du surmonde, mais assez forte pour qu'on y pût voir clairement, Andrew vit l'adorable visage de Callista se contracter subitement.

— Damon, dit-elle d'une voix à peine audible. Oh, non ! Andrew, aidez-moi...

Ses doigts agrippèrent ceux d'Andrew, et instantanément, leurs esprits s'unirent comme ils l'avaient fait auparavant.

Puis, dans un nouveau choc électrique, ils se trouvèrent dans une immense cavité, partiellement éclairée, au fond de laquelle brillait, d'un éclat pénible, une gemme semblable à la pierre-étoile. Mais celle-ci était énorme et brillante comme un arc électrique, et faisait mal aux yeux. Damon se dirigeait vers elle, et il paraissait minuscule. L'esprit d'Andrew vint se placer derrière les yeux de Damon, à travers lesquels il vit une créature accroupie derrière la grosse matrice. Ses pattes étaient noircies, ses moustaches roussies, et en plusieurs endroits, la fourrure avait été brûlée. Damon leva son épée...

Et se retrouva dans le surmonde, en face du grand chat qui le dominait d'un air majestueux et menaçant. Plus haut qu'un arbre, il le foudroyait de son regard rougeoyant, semblable à des braises, et il emplit l'air d'un grondement féroce. Il leva une patte, et Damon frémit, conscient qu'un seul coup de patte le réduirait à l'impuissance...

Callista poussa un cri, et deux chiens géants — l'un énorme, avec une gueule de taureau, l'autre élancé et nerveux —, munis de crocs étincelants, se jetèrent à la gorge du grand chat et se mirent à le harceler en grondant. *Andrew et Callista!* Sans prendre le temps de réfléchir, Damon retomba dans son corps et se mit à courir, dressant son épée. Il se précipita sur la créature prostrée, pendant que le bourdonnement devenait presque un hurlement qui emplissait l'air, accompagné d'un mélange de jappements et de sifflements rageurs. Damon, les mains en feu, faillit lâcher l'épée. Mais il la retint de toutes ses forces, et la passa à travers le corps de l'homme-chat.

Ce dernier se tordit en hurlant. L'énorme matrice s'embrasa et se mit à cracher des étincelles et d'énormes flammes. Puis, brusquement, toutes les lumières moururent, et le silence se fit dans la grotte sombre où l'on ne voyait plus que la lueur de la pierre-étoile de Callista. Tous trois s'étaient regroupés, et Callista se cramponnait aux deux hommes, secouée de sanglots. A leurs pieds était étendue une forme noircie qui empestait la fourrure brûlée et dans laquelle il était difficile de reconnaître un homme-chat.

La grande matrice était encore là, dans son support. Elle avait perdu tout son éclat et luisait comme un simple morceau de verre. Elle roula, tomba sur le sol rocheux avec un léger tintement, et se brisa.

12

— Que va-t-il se passer dans la contrée des ténèbres, maintenant ? demanda Andrew, comme ils chevauchaient lentement dans le crépuscule, en direction d'Armida.

— Je ne sais pas vraiment, répondit Damon.

Il était très fatigué et abattu, mais il avait le cœur paisible.

Ils avaient trouvé de la nourriture et du vin dans les grottes — apparemment, les hommes-chats ne s'étaient pas donné la peine d'explorer les étages inférieurs — et avaient mangé à leur faim. Ils avaient aussi trouvé des vêtements et de grandes couvertures de fourrure. A leur vue, Callista avait frémi et avait dit que pour rien au monde elle n'en porterait. Damon avait donc donné la cape fourrée à Eduin et avait enveloppé la jeune fille du gros manteau de laine du garde.

Elle chevauchait maintenant sur le devant de la selle d'Andrew qui l'enlaçait, appuyant la joue contre ses cheveux. Le tableau remplit Damon du désir de retrouver Ellemir, mais il se dit qu'il avait le temps. Se rappelant la question d'Andrew, il décida d'y répondre, bien qu'il ne fût pas sûr qu'Andrew l'entendrait.

— Maintenant que la matrice est détruite, les

hommes-chats n'ont plus d'armes bizarres pour causer l'obscurité et semer la terreur. Nous pouvons envoyer des soldats contre eux et les réduire. Les villageois, ou du moins la plupart d'entre eux, guériront une fois que l'obscurité aura disparu et qu'ils n'auront plus rien à craindre.

En dessous, dans la vallée, Damon apercevait les lumières d'Armida. Il se demanda si Ellemir savait qu'il rentrait, que Callista était sauve et que la contrée des ténèbres n'existait plus. Il sourit légèrement. Le vieil homme ne devait plus se tenir d'impatience, avide d'apprendre ce qui s'était passé depuis qu'il avait perdu contact avec Damon. Dom Esteban pensait probablement que Damon s'était fait mettre en pièces en quelques secondes. Eh bien, il aurait une surprise agréable en voyant qu'il n'en était rien ! Et Dom Esteban allait avoir besoin de quelques surprises agréables de plus pour compenser l'inévitable choc qu'il recevrait en apprenant la relation existant entre Andrew et Callista. Ce ne serait pas un moment réjouissant, mais le vieil homme avait une dette envers eux, et Damon se dit qu'il lui forcerait la main jusqu'à ce qu'il cède. Il réalisa avec un profond plaisir qu'il attendait ce moment avec impatience, car il n'avait plus peur de son oncle. Il n'avait plus peur de *rien*. Il sourit, et ralentit l'allure pour attendre Eduin et Rannan qui partageaient la même monture — Rannan ayant cédé son cheval à Andrew et à Callista.

Andrew ne remarqua pas que Damon s'était éloigné. Il ne sentait que la chaleur de Callista, et son cœur était si plein de bonheur qu'il pouvait à peine penser.

— Avez-vous froid, mon amour ? murmura-t-il.

Elle se blottit contre lui.

— Un peu, dit-elle avec tendresse. Ce n'est rien.

— On n'en a plus pour très longtemps. Bientôt vous serez au chaud, et Ellemir s'occupera de vous.

— Je préfère mourir de froid à l'air libre qu'être au chaud dans ces horribles grottes puantes ! Oh, les étoiles, dit-elle avec extase.

Il serra les bras autour d'elle.

— Ça ne va pas être facile. Mon père sera furieux. Pour lui, je suis une gardienne, pas une femme. Et il sera fâché que je décide d'abandonner mon poste pour me marier. Ce sera d'autant plus difficile que vous êtes terrien.

Elle sourit et se blottit encore plus près.

— Eh bien ! il n'aura qu'à s'y faire. Leonie, au moins, sera de notre côté.

Est-ce que ce sera si simple ? se demanda Andrew. Il allait devoir envoyer un message à la cité de commerce pour apprendre à ses employeurs qu'il était encore en vie — ça, c'était facile — et qu'il ne rentrerait pas, ce qui était déjà moins facile. Le nouveau talent qu'il s'était découvert... eh bien, il faudrait qu'il apprenne à s'en servir. Après ça, qui sait ? Il devait bien y avoir quelque chose à faire pour rapprocher le jour où Terriens et Ténébrosiens ne se considéreraient plus comme des espèces différentes.

Il n'était pas *possible* qu'ils soient si différents. Les noms semblaient le prouver. Callista, Damon, Eduin, Caradoc, Esteban. Il voulait bien croire à une coïncidence, mais seulement jusqu'à un certain point. Il avait beau ne pas être linguiste, il ne pouvait pas accepter que deux espèces aient pu inventer des noms aussi semblables. Même « Ellemir » avait une consonance familière : la première fois qu'il l'avait entendu, il avait cru comprendre « Eléonore ». C'étaient non seulement des noms terriens, mais des noms d'Europe occidentale, du temps où il existait encore des distinctions régionales sur la Terre.

Et pourtant, l'Empire terrien n'avait découvert cette planète qu'une centaine d'années auparavant, et la construction de la cité de commerce datait de moins de cinquante ans. Malgré le peu qu'il savait de Tenebreuse, il se rendait bien compte que son histoire remontait plus loin que celle de l'Empire.

Alors, quelle était la réponse ? Il avait entendu des récits de « vaisseaux perdus » qui avaient décollé de la Terre même, avant la création de l'Empire, plusieurs milliers d'années auparavant. Ces vaisseaux avaient disparu sans laisser de trace. La plupart d'entre eux étaient tenus pour détruits — c'étaient en ces temps-là des engins ridicules qui fonctionnaient à l'aide de primitifs réacteurs atomiques, ou propulsés par une réaction matière-antimatière. Mais il se *pouvait* que l'un d'eux s'en soit sorti. Il acceptait l'idée qu'il ne le saurait probablement jamais, mais il avait toute une vie pour trouver la réponse. De toute façon, quelle importance cela avait-il ?

Il serra Callista plus fort. Elle ne put réprimer un petit geste de protestation. Puis elle sourit et se rapprocha intentionnellement de lui. *Je ne sais vraiment rien d'elle,* se dit-il. Puis, se rappelant cet incroyable moment de communion à quatre, de fusion totale, il réalisa qu'il savait tout ce qu'il voulait savoir d'elle. Il remarquait déjà qu'elle ne reculait plus s'il la touchait légèrement. Il pensa avec une tendresse infinie que si elle avait été conditionnée contre le désir sexuel, ce n'était en tout cas pas irrévocable. Ils avaient le temps d'attendre. Cette défense avait déjà été brisée par des journées de terreur et de solitude, par sa soif de présence humaine. De toute façon, ils appartenaient déjà l'un à l'autre de la manière qui importait le plus. Le reste viendrait en son temps, il en était sûr. Il se demanda, à tout hasard, si la préconnaissance faisait partie des nouveaux talents extra-sensoriels qu'il allait explorer...

Comme ils franchissaient les barrières imposantes

d'Armida, une neige fine se mit à tomber. Andrew se rappela que moins d'une semaine auparavant, il gisait au bord d'une falaise dans un blizzard infernal, attendant la mort.

Callista frissonna — se le rappelait-elle aussi ? Il se pencha vers elle.

— Nous sommes presque à la maison, ma bien-aimée, murmura-t-il tendrement.

Déjà, ce n'était pas si étrange d'appeler Armida « la maison ».

Il avait suivi un rêve, et ce rêve l'avait mené là.

*Achevé d'imprimer en décembre 1991
sur les presses de l'Imprimerie Bussière
à Saint-Amand (Cher)*

PRESSES POCKET - 12, avenue d'Italie - 75627 Paris Cedex 13
Tél. : 44-16-05-00

— N° d'imp. 3326. —
Dépôt légal : septembre 1988.
Imprimé en France